星再繁花

孙梦秋

刘春荣

著

中国出版集团　现代出版社

图书在版编目（CIP）数据

繁星花开 / 孙梦秋, 刘春荣编著. -- 北京 ：现代
出版社, 2022.11

ISBN 978-7-5231-0030-1

I. ①繁… II. ①孙… ②刘… III. ①报告文学—中
国—当代IV. ①I25

中国版本图书馆 CIP 数据核字（2022）第 218074 号

繁星花开

作　者	孙梦秋　刘春荣
责任编辑	张　霆
出版发行	现代出版社
通讯地址	北京安定门外安华里 504 号
邮政编码	100011
电　话	0101-64267325　010-64245264（兼传真）
网　址	www.1980xd.com
印　刷	北京建宏印刷有限公司
开　本	710 毫米×1000 毫米　1/16
印　张	15
字　数	155 千字
版　次	2022 年 11 月第 1 版　2023 年 1 月第 1 次印刷
书　号	ISBN 978-7-5231-0030-1
定　价	69.80 元

聚是一团火，散是满天星

——代前言

对于一般的读者而言，了解报告文学这种文学体裁大概是从阅读某些作品开始的，譬如《谁是最可爱的人》《哥德巴赫猜想》以及近年来涌现出来的那些优秀的报告文学作品。而对于一个专业出身的人来说，对报告文学的理解就更深一层、更进一步，也不会仅仅局限于几篇报告文学作品。确实，作为一种纪实性文体，报告文学在新闻学教程里被认为本质上属于新闻写作的一个分类，是长篇通讯的演进，譬如被视为早期中国报告文学翘楚的《中国的西北角》一书，最早是作为《大公报》战地记者的范长江先生写的战地通讯；斯诺《红星照耀中国》的初版，也是以"中国通讯"的名义在《亚细亚》杂志刊载的。说报告文学的本质是新闻的最根本的原因，是报告文学的写作跟新闻写作一样必须遵循一个原则：真实性。这个真实性是指作者的主观认识和他所写的客观现实是完全同一（不是统一）并且真实再现的。也许，作者写的并不是他喜欢的，但必须是真实的。不是文采华丽辞藻动人的，但必须是真实的。他写作的第一宗旨是为了真实再现事实，通过对现实中的某段生活、某个人、某些场景的截取和再现，用事实说话，反映作者观点，体现时代风貌，扬弃某种精神。

中文系的写作课程里教报告文学的写作，也讲报告文学的真实性。不过，据笔者所知中文系讲的真实性跟新闻学强调的真实性是有些微差别的，中文系的侧重点是文学而不是报告，认为只要所写的人物、事实符合基本的真实就可以了。在基本真实的前提下，报告文学最主要的是文学性，作者应该穷尽一切文学手段增强报告文学的文学性（可读性），尽最大努力去感动读者。为了达到这个效果，可以在报告文学作品里合理想象，大胆演绎，制造情节，创造细节，编造故事。总之一句话：只要能够打动读者就是好作品。

一种观点认为报告文学应该真实性多一点，尽量客观、真实。报告文学的写作是真实再现。另一种观点认为报告文学应以文学为主，报告少一点，文学多一点，必须有文采，要好看，要感动人。这是报告文学界始终存在的两种现象、两个争议。打一个不恰当的比方：如果《三国志》和《三国演义》都算报告文学作品的话，那么，新闻学认可的报告文学就是《三国志》，而中文系所推崇的报告文学就是《三国演义》。当然，在我们中国人的观念里面，《三国演义》比《三国志》好看，因为《三国志》是历史，是秉笔直书；而《三国演义》是小说，要吊人胃口。近年来，又涌现出一些报告文学的变种，如非虚构文学、纪实文学、口述实录等。

原创报告文学《繁星花开》，是一篇新闻学意义上的报告文学作品。也许它不够生动，但绝不夸张；不够煽情，但绝不拔高；人物形象不够鲜明，但绝不虚构人物；人物语言不够经典，但一定是人物自己说的。全部素材均来自公开的新闻报道，经过甄别、取舍、构思、归纳、提炼、再表达等过程，全景式反映"繁星花"共产党员服务队全心全意服务姜堰人民和姜堰经济社会发展的真实历程。作品坚守事件真实、人物真实、背景和地点真实，人物的精神世界和事件的发展逻辑真实等所有因素都是真实的根本性原则，综合运用新闻写作的原则和文学表达的技巧，介绍了姜堰、姜堰电力、姜堰"繁星花"共产党员服务队响应党的十八大以来各级党委的要求，提高政治站位，创新服务模式，在日常工作中全心全意为人民服务的大量事迹和大爱情怀，向读者揭示"繁星花精神"的本质，以及繁星花的深远寓意。

那么，姜堰供电公司共产党员服务队为什么取名叫"繁星花"呢？这是我刚一接触这个题材就困惑和质疑的问题。通过长期的接触、了解，我终于明白了其中的幽微：托物言志，以物喻人。

托物言志，以物喻人，是中国文学的精华之一。从《诗经》到《楚辞》再到唐诗，都有大量的作品是运用此种手法表情达意的。屈原写《橘颂》，借橘树的"深固难徙，更壹志兮"和橘子的"精色内白，类可任兮"，表达了自己"秉德无私""独立不迁"的志向和表里如一、始终如一的道德操守；同样是"生南国兮"的橘树和橘子，在张九龄的《感遇十二首》里面，却成了自己在逆境之下心灵的表白和对前途命运的忧伤，对政治昏暗的愤懑。"岂伊地气暖，岁寒自有心。"这是心灵的自白，是才华得不到施展的郁闷；"运命惟所遇，循环不可寻。徒言树桃李，此木岂无阴？"则就是忧伤、幽怨和愤懑了。这件事情说明了两个问题：一是托物言志是文学写作的重要表现手法；二是托同样的物，所言却未必是同样的志。托什么物，言何种志，是根据物性和志性之间的关联性决定的。"繁星花"就是托繁星花这种花卉的特性，象征和喻义着一种精神：聚是一团火，散是满天星。

繁星花本来是一种普通的花，但是，它聚是一团火，散是满天星的特点非常恰当地契合和喻义着一种精神，这种精神就是姜堰供电公司"繁星花"共产党员服务队所具有的精神。于是，这个服务队就叫作"繁星花"，"聚是一团火，散是满天星"就成了他们精神的写照。而他们在长期为民服务中砥砺出来的"繁星花精神"，简单概括就是五个心：坚守初心，团队聚心，服务用心，实践精心，真情凝心。这五颗心，就像繁星花的五朵花瓣，聚起来是一团火焰般的花朵，散开来是五颗星星一样的种子，带着初心扎根大地，践行着信念，追逐着梦想，在姜堰大地上葱茏成连片成海的风景，历四季风雨，迎昼夜冷暖，不改初心，热情奉献。

介绍了报告文学的现状、《繁星花开》是属于何种类型的报告文学、"繁星花"共产党员服务队、"繁星花"精神以及为什么叫"繁星花"等基本情况之后，读者们大致可以明白：这是一朵怎样的繁星花，这是一本怎样的书……

今日之中国，交通、电力、网络，是我们生活中最重要的内容，也是社会经济发展的第一推动力。《繁星花开》反映的就是中国电力的一个基层供电公司的事迹。姜堰供电公司作为中国电力服务人民的一个缩影，是精彩的，也是长情的。希望他们的事迹能够让你走进电力人，了解电力人、喜欢电力人。

2022 年 5 月 30 日

目　　录

附　录

上　篇

繁 星 花 开

——聚焦姜堰供电公司"繁星花"共产党员服务队

在喜欢诗歌的年纪里，我记下了这样的诗句："大海啊，哪一颗星没有光／哪一朵花没有香／哪一次我的思念里／没有你潮音的清响？"后来读《诗经》，又被其中描写雷电的诗句震慑。"烨烨震电，不宁不令。百川沸腾，山冢崒崩。高岸为谷，深谷为陵。"关于星，关于电，关于花，这大概是我印象中最深刻的记忆了，这记忆唯美而有力，充满着诗的浪漫和力的震撼。

而今，沧桑的岁月不仅没有模糊曾经的记忆，反而随着年龄的增长和阅历的增加，当初那些浪漫和震撼的感觉更加清晰而坚实。在诸多修正、完善、丰富、充实我关于星与电的概念的人物和事件中，近几个月来几乎天天接触的"繁星花"共产党员服务队是最重要、最完美、最有力量的一支！

聚焦繁星花，就不能不把视线聚焦到中国电力，聚焦到江苏中部一个叫作姜堰的地方。那里，是繁星花盛开的地方。

这儿是姜堰

姜是老的辣，堰遇水则名。中国的历史地名，以"堰"名之而闻名天下的，大概要数都江堰和姜堰了。都江堰因李冰父子治水而起，造福一方百姓，泽被千秋万代。姜堰同样是因筑堰治水而得名，福荫吴中，流芳至今。史载，古时，长江、淮河、黄海三水在姜堰汇聚，故称"三水"。北宋年间，三水泛滥，有乡贤大户姜仁惠、姜谔父子仗义疏财，率领民众筑堰抗洪，保护了一方百姓的生命财产，古镇由此名为姜堰。

在漫长的历史长河中，姜堰地处吴地之中，扼山河形胜，握人文、经济枢纽，物华天宝，人杰地灵。虽也在数千年的历史里演绎出一千零一夜也讲不完的变迁与传奇，却无非是随着城头变幻的王旗而朝秦暮楚，在早期的吴、越、楚和后来大一统的秦、汉、明、清之间，随着封建王朝的更迭而李唐赵宋。在不同的历史时期，这片人文荟萃、钟灵毓秀的土地，以不同的名字流芳史册。她的曾用名很多，海阳、海陵、吴陵、泰州、泰县等，都是她的曾用名，与这些名字对应的那些或者瑰丽或者炫幻或者阴谋阳谋缠绕的历史，如今已沉睡在汗青史册的深处。而真正属于人民的姜堰，最早要追溯到1940年10月泰县抗日民主政权的建立，直至1948年12月6日姜堰全境解放，人民的姜堰才真正回到姜堰人民的手中！

往事越千年，一声浩叹。人民的姜堰人民建，千秋壮观景，拭目看今天。当我读着姜堰史料的时候，我仿佛看到了获得解放的姜堰人民载歌载舞支援渡江战役的情景；抗美援朝人民保家卫国的身影；投身社会主义建设、挥汗如雨热火朝天的场景……我的脑海里回荡着一首欢快的乐曲，我想他们一定在高兴地唱着这首属于他们的歌曲，那是他们那代人对这块土地最深沉、最激昂的抒情——姜堰的天是明朗的天，姜堰的人民好喜欢……

2021 年，新华网发布的全国经济高质量发展百强县榜单中，姜堰名列第 78 位！这样的成绩和排名于姜堰而言，似乎已经是常态了。在改革开放之后的 40 多年间，江苏的经济发展一直位居共和国各省市前列，所以才会有"苏大强"的称号，而占据江苏心脏地位的姜堰，更是一骑绝尘。

经济社会的发展，自然需要能源的支撑。而电力，则是能源王国皇冠上的明珠！在今天，如果说没有网络，人们的生活将会黯然失色，陷入聋哑、混乱、焦灼之中；那么没有电力，人类将重回黑暗，尤其是发达城市的大多数人连生存下去几乎都是奢望！

电对每个人的生存和生活是这样的重要，简直可以跟空气、阳光相提并论了，可是，细细考究，我们身边有很多很多人对电的历史、现在和未来懵懂无知！对中国电力发展的道路和中国电力人的奉献一无所知！他们只关心所在之处有没有电，方不方便用电，然后就是投诉……

为了补齐某些知识上的短板，就让电——这颗皇冠上的明珠来一次快闪，展现一下它辉煌的历史吧！

　　曾经，小学课本里有一篇课文《放风筝的孩子》，描写了一个叫富兰克林的美国人发现了雷电的故事。其实，雷电一直存在于大自然之中，我们的祖先在远古时代就发现了雷电现象，《诗经》和其他古典著作中关于雷电的描写比比皆是，连我们的一些成语都与雷电有关。富兰克雷的实验只是证明了自然界的雷电和生活中微小的电火花器其实是一个东西而已。

　　17世纪，英国人掌握了电传输的初步特征，发现了绝缘体和导体。进而，法拉第发现了电磁规律，制造出人类历史上第一台发电机。电，终于从一种自然能量、自然现象，变成了一种人类可以生产的能源。

　　19世纪，爱迪生发明了电灯并成功转化为照明工具。人类从此告别了明月、火把、油灯照亮的时代，迈进了现代文明的历史阶段。从此，电作为一种能源逐渐改变并主宰了人类的生产、生活、思想方式，改变了人类历史演进的速度和程度，催生出不胜枚举的灿烂的现代文明之花。

　　1882年7月26日，上海的一家英国旅馆里第一次亮起了电灯，电被英国人带进了大清朝，古老中国的土地上第一次出现了人类生产的电能，那些在烟海史册和皇皇诗集中闪烁了几千年的烨烨雷电，终于被人造的电能赋予了生活的光彩！它给世人带来光明，并雷霆万钧地催化着这个古老帝国涅槃。

　　1889年1月30日，光绪皇帝的老师翁同龢在日记里写道："电灯照耀于禁林。"由此可知古老的皇宫禁苑里此时也已经用上了电。

……

毋庸讳言，在电力进入中国之后很长一段时间内，特别是在清末民初，用电照明一直是上流社会的特权，是身份和地位的象征。甚至在新中国成立几十年之后，广袤国土上尚有不可计数的城镇与农村，还在忍受着电力不足的煎熬。可是，这种象征文明和进步、财力与地位的新能源，在进入中国之后不久就在姜堰落户。据网络资料，1917 年，泰县商人投资兴办了泰州历史上第一个发电厂——振泰电灯股份有限公司，天上闪烁的星星落在了泰州古城，古老的泰州从此焕发出天上人间的熠熠光辉。最主要的是，泰州从此诞生了一支与电打交道、研究电、掌握电、向社会提供电力服务的专业人才队伍，这大概是最早的电力人了吧！

眼下，高素质、高品位、专业过硬、服务一流的电力人才队伍，像姜堰大地上盛开的繁星花一样，遍布城乡、社区、街道。2021 年，姜堰全域用电量 37.48 亿千瓦时，同比增长 8.05%，售电量 35.94 亿千瓦时，同比增长 7.58%。调度最高用电负荷 64.03 万千瓦。电，这个让上古先民歌之咏之惊之恐之的上帝之鞭，这个雷公电母的美丽传奇，终于从"烨烨震电，不宁不令"成为了人民生产生活中须臾也不能少的力量之源、光明之神！比普罗米修斯的天火更伟大！比勇士安珂燃烧的心更光明神圣！

姜堰的人民知道，姜堰的山水知道，姜堰的繁荣和幸福知道——在这光明和伟大的背后，其实有着很多个普罗米修斯，很多个燃烧的心！是他们，擎起了姜堰电力这一片瑰丽的天空！是他们，夯实了姜堰电力坚实的基础！是他们，为姜堰的社会繁荣和人民幸福默默地发光发热！

他们，是江苏电力姜堰供电公司的全体电力职工！

他们，是姜堰电力公司"繁星花"共产党员服务队！

他们是美丽的星星和花朵，绽放光芒，不舍昼夜！

我是繁星我是花

姜堰公司共设有9个职能部室，3个支撑机构，2个集体企业。共有全民职工237人，其中党员138名，非党员99名。农电员工346人，平均年龄48岁。公司现有500千伏变电站1座，220千伏变电站5座，110千伏变电站18座，35千伏变电站3座，变电总容量3592兆伏安。共有500千伏线路9条，总长度182千米；220千伏线路26条，总长度303千米；110千伏线路38条，总长度423千米；35千伏线路8条，总长度54千米。共有公用配电线路277条，总长度3017千米；公用配电变压器5927台。全区用电客户43万户。

"繁星花"共产党员服务队，是一支以国家电网江苏省电力有限公司泰州市姜堰区供电分公司的共产党员为骨干，依托基层一线班组而组成的先锋团队，也是承担急难险重任务的战斗堡垒，是全心全意为人民服务的电网铁军。这支铁军正式命名是在2015年3月，至今已经发展到拥有3个服务分队，拥有核心队员 29 名、服务队员 182 名的规模。

繁星花的灿烂绽放，是与她坚守的初心分不开的。初心是圣洁的，也是伟大的。中国共产党的初心是"为民族谋复兴，为人民谋幸福"。尽管百年的征程上有血染征袍的惨烈，有残阳如血的悲壮，但是历九死而不悔，除万难争胜利，永远坚守初心是党始终获得人民爱戴和拥护的法宝。以共产党员为骨干的"繁星花"服务队秉承了中国共产党人一以贯之的初心精神，咬定初心不放松，立根姜堰人民中。在长期的为民服务中形成了"聚是一团火，散是满天星"的服务理念；恪守"服务人民'星'连心，'电'亮堰城'善小行'"的服务格言；坚守"人人做小事、个个做善事"的服务信条，牢记"繁星点点心服务"的口号和理念，始终捧着初心之印，用党员的觉悟和对党的忠诚聚心之魂，在服务人民的工作中用心之行，力求每一次服务都是精心之作，每一次服务都收获丰硕的凝心之果。

哦！姜堰，我是繁星点点，为你照亮幸福的旅途。我是花儿朵朵，为你带来生活的幸福！我是一朵用心绽放的繁星花呀！奉献是我的使命，我的追求是为您服务！

◎ 焦点之一：聚焦初心

从开始的"青年服务队"到现在的"繁星花"共产党员服务队，国家电网江苏电力姜堰繁星花在服务堰城、电亮堰城的道路上，洒下了一路汗水，洗涤出一颗初心，走出了一条初心照耀的道路，用深深的脚印在姜堰人民的心里筑起一座有口皆碑的丰碑。

从平面化服务到"水、陆、空"立体化服务，从程式化服务到细致入微的个性化服务，国家电网江苏姜堰"繁星花"共产党员服务队走了一条"你用电、我用心"的服务提质之路。近5年来，国家电网江苏姜堰"繁星花"共产党员服务队每年都有一个主题服务活动，提升服务品质、丰富服务内涵。先后组织开展了"供电服务提升工程""亲情苏电、幸福民生""美好苏电、幸福民生""智慧苏电、幸福民生""智能互动心服务，省心省钱绿色电"等主题服务活动。

从始于客户需求到满足客户要求的重大转变，国家电网江苏电力姜堰"繁星花"共产党员服务队走过了一条"让政府放心、让群众满意"的服务提效之路。近5年来，姜堰"繁星花"共产党员服务队每年推出一个服务新举措，满足城市发展和人民生活不断增长的用电需求。先后推出了"五行"服务、"点式"服务、"菜单"服务、特殊家庭"三代理"服务、重要客户用电投资成本诊断服务等20多项特色服务，用行动诠释信念，用服务践行初心。让初心聚焦在人民的目光下，聚集在一点一滴的服务里。

◎ 焦点之二：团队聚心

在共产党员服务队的建设中，国家电网江苏电力姜堰"繁星花"共产党员服务队始终把传播价值理念，引导团队队员立足岗位做贡献作为立队之本、建队之魂。围绕国网公司及省市公司共产党员服务队建设的标准、内容和要求，结合"繁星花"的寓意，先后确立了"踏实工作业内外、优质服务千万家"的团队理念、"团结、用心、踏实、奉献"的团队精神、"有求必应、有难勇当"的团队作风、"奉献社会、电亮堰城"的团队愿景。为了确保团队理念、团队精神、团队作风、团队愿景真正落地，公司党委积极采取多种形式加强教育引导。编印《党员服务队工作指南》，让团队队员在学习团队精神、团队作风、团队理念、工作标准及工作要求中认知责任、感知担当；开展"繁星花"队员亮身份、亮职责、亮承诺活动，一名队员一句话（承诺服务心里话）、一名队员一张卡（"繁星花"服务连心卡）、一名队员一份书（"繁星花"服务目标责任书）；建设"'繁星花'共产党员服务队展示中心"，建设共产党员服务队培训教育基地；推行队员"星"级评选，对服务队员的服务意识、服务品质、服务能力、服务业绩等内容进行量化积分，并按积分高低按月评选"服务之星""奉献之星"；开设"繁星花 e 站"，设立"繁星花的故事""队伍风采""团队文化""服务动态""社会影响"等栏目，全面展示"繁星花"共产党员服务队工作质量和工作作风，通过这一系列常抓不懈的举措，传播了繁星花的价值观念，凝铸了团队的集体灵魂。

◎ **焦点之三：服务用心**

面对全区示范农业、特色工业、绿色产业快速发展的新形势，国家电网江苏电力姜堰"繁星花"共产党员服务队率先提出"建设美好新姜堰、繁星服务当先行"的主题口号，积极组织开展优质服务专项行动。在日常服务工作中，以"服务=急用户所难+做用户所想"为标准，努力"把服务送到老百姓的心坎上"。服务政府"春雷行"。落实服务队员蹲点政府重大工程，第一时间了解建设信息、掌握用电需求，及时做好工程建设中的杆线迁移工作，切实为城市建设"开道""让道"。2015年积极上争资金1.86亿元，主要用于市容整治、道路搬迁配套的杆线入地、迁移等工程项目。

目前，正全力推进上海路、三水大道、229省道、阜兴泰高速、人民路整治等重点市政工程，扬帆工业园、智谷软件园等重大项目也在稳步实施。仅2021年1—8月，共产党员服务队就为全区43个双百工程，26个城建新提升项目建设迁移线路48公里、新架10千伏线路26.73公里。编发《招商引资项目供电服务指导书》，推行招商引资项目"一人受理、一人办结"式服务。主动为全区新签约亿元项目提供电力保障，解决用电难题。建立供电线路党员巡查、用电设备党员检查制度，较好地完成了全区走进"行风热线""溱潼会船节""世界女子围棋赛""全国业余铁人三项积分赛"等重大活动的保电任务。服务社区"先锋行"。主动响应区委、区政府号召，积极向上争取资金1056万元实施南苑小区、长沟东二村两个小区改造项目。联合住建等相关部门共同深入小区现场查勘，公司共产党员服务队坚持上门服务，全面了解小区居民用电现状及改造需求。在充分考察和征求意见的基础上，精心制订改造方案，高标准选择设计单位，统筹安排物资供货，全力保障施工进度及工程质量。目前，南苑小区已进入工程扫尾阶段，长沟东二村预计 9 月底实施完毕。

针对不同用电客户、不同用电需求，将 6 项"保障工作系列"、9 项"服务企业系列"、8 项"服务社区系列"等 9 大系列 51 项服务内容编印成"服务菜单"小合页，存放在各个服务窗口，发布在姜堰各网络媒体，发放到居民家中，让用电客户在窗口现场"点菜"，在"繁星花"微信公众号平台上提前"订菜"。将移动营业厅开进全区 22 个社区，以"服务订单"的形式及时收集社区用电需求信息，发放《安全用电小读本》，宣传节约用电小常识，帮助解决社区居民生活中遇见的安全用电、节约用电困难。服务"三农""心桥行"。组织开展安全宣传、安全检查、安全咨询"三下乡"活动。

近 5 年来，共产党员服务队共为农村农民放映安全用电影片 138 场次，检查临时用电及抗洪排涝用电设施 2686 件。主动服务全区养殖专业户、种植专业户、水上运输专业户，带动农村农民"富民创业"。近 5 年来，共为养殖专业户、种植专业户架设专线 93.75 公里、新上专变 80 台，有效解决了种植专业户"低电压"用电难题，结束了养殖专业户"以油发电"的用电历史。响应"电器下乡"和"新农村建设"的用电需求，组成农配网工程共产党员施工突击队，对全区 15 个乡镇进行全面改造。近 5 年来，公司共产党员服务队完成农网改造项目 6607 个，建成新农村电气化镇 15 个、电气化村 228 个。

服务企业"护航行"。面对国际金融危机形势下企业面临的生产经营困难，公司共产党员服务队主动推出企业用电成本诊断服务，让企业在困难中"起航"、在发展中"远航"。2021年以来，公司共产党员服务队走访重大企业206次，为双登、苏中药业、泰达纺织等企业开展能耗诊断120次，协助设计投资建设用电方案56套，为企业减少用电成本和建设投资120万元。开展业扩报装"繁星花"共产党员服务队"直通车"服务，全力确保业扩报装"找一个人，事件就办成"。2015年1—8月，全口径业扩报装接电周期缩短至65天，比去年同期减少20天。

服务社会"暖心行"。设立老区、社区、城区党员服务队扶贫帮困服务站，构建了以"一支队伍、三级帮扶"的"1+3"帮扶模式。建立五保户、特困户特困档案，成立"'繁星花'爱心基金会"，开展"'繁星花'一日捐"活动。近5年来，公司共产党员服务队队员为社会特困群体捐赠资金14万元、物资3216件。定期组织服务队员上门为"五保户""低保户"办理"用电贴补"。公司共产党员服务队队员每月为特殊家庭做一件好事，解一件难事，办一件急事。

◎ **焦点之四：实践精心**

从共产党员服务队组建开始，姜堰区供电公司就把共产党员服务队建设作为打造党建工作品牌的核心工程。基于这一基调和定位，公司准确把握"踏实工作业内外，优质服务千万家"的团队理念，跳出"就服务抓服务""就服务队建设服务队"的思维定式，积极组织开展行之有效、形式多样的党建载体活动，引导广大服务队员立足岗位、做出成绩，在日常工作中比一比，在本职岗位上赛一赛，在创先争优、争先进位上亮一亮。

开展党员服务队与农电党支部结对创先活动。充分利用主业支部与农电支部结对创先的有效资源，在共产党员服务队与农电支部之间，广泛开展结对创先抓安全、结对创先抓作风、结对创先抓服务活动。通过共产党员服务队帮助解决农村供电所安全工作、服务工作的问题和难题，推动和促进党员与职工安全互保、服务互动、工作互进。开展生产课题、服务课题服务队员主题攻关活动。成立党员创新工作室，对生产和服务中的难点问题、重点指标落实服务队员领衔攻关，切实提高服务队员工作质量和服务水平。

开展服务队员"五小"创新活动。系统总结和收集近年来公司共产党员服务队队员在公司生产经营、优质服务等方面的创新成果，激发服务队员创新热情，提升服务团队政治素质、文化素质、专业素质。近 5 年来，公司共产党员服务队队员的26 项 QC 成果在省、市公司获奖，"一种电缆牵引工具""一种操动机构安装车"等 12 项科研项目获得国家实用型、发明型专利。队员袁莉创新的"三定一包"配电运行管理被编入省公司《典型管理案例》。队员吴丽莉带领团队撰写的《农电内部培训体系建设和县级农电培训场所建设研究》课题，被省公司表彰为"2014 年度农电优秀调研课题"。

◎ **焦点之五：真情凝心**

近 5 年来，"繁星花"共产党员服务队在发挥先锋作用、塑造企业形象、增强国网美誉度等方面取得了良好的工作实效。产生了较强的社会轰动效应。通过一系列个性化、差异化服务措施的出台，公司"繁星花"共产党员服务队发生了从社会各界鲜为人知，到认知、认可、认同的快速转变。团队先后获得"服务地方建设十佳单位""江苏省居民用电服务质量优质服务示范企业"、国家电网公司"2012年度县供电企业同业对标设备运维标杆"等荣誉称号；全区15个供电所均被当地政府表彰为"先进基层站所"；队员吴丽莉、袁莉、陈海凤分别被表彰为"泰州市第四届我最喜爱的共产党员""国家电网公司优秀共产党员""国家电网公司世博会保电先进个人"。这一顶顶荣誉的桂冠，一个个耀眼的奖牌，在社会上产生了较强的品牌示范效应，使繁星花日益灿烂，繁星花的温暖辐射到社会的方方面面。

通过开设"繁星花"直通车，打通联系服务群众的"最后一公里"，架设了企业与社会的"连心桥"，打造了城市发展中的无字名片。前期，中央电视台对公司"繁星花"共产党员服务队"微课堂让学生掌握安全知识""助力水产养殖户"进行了专题采访。近期，《人民日报》、新华社、中央人民广播电台、《中国能源报》、人民网、新华网、《国家电网报》、《江苏电力报》、《泰州日报》、《姜堰日报》等20多家媒体对姜堰"繁星花"共产党员服务队的特色做法和亮点工作进行了连续跟踪报道。

一颗一颗又一颗　一朵一朵又一朵

马克·奥勒留说，仰望星空，可以使我们的心灵得到启迪。诗人说，凝视花朵，我们就能看到美丽和善良。繁星花是一朵花，也是一颗星。是一片花的海洋，也是一片浩瀚的星空。风吹花海，总有迎风而立的花朵摇曳风华，挥洒青春；夜映星河，总有耀眼的星辰划破长空，熠熠生辉。在姜堰繁星花的花海星空中，也有这样的花朵，也有这样的明星。

且让我把赞美和追寻的目光，定格在这一颗颗星、一朵朵花美丽的剪影上吧！

且让我通过人们感恩的话语和媒体的誉词，去透视星的光源，去聆听花的心跳，感动他们的感动，体验他们的体验——

◎ 繁星花之一：张卫东

张卫东是繁星花团队里获得"江苏好人""中国好人"荣誉称号的一个好人。"好人"这个称呼在中华民族几千年的历史传承中，一直是一个非常严肃和郑重的道德评价，在古代，获得朝廷认可的"好人"是要载入史册、奉入高阁，有的还要颁发匾额、敕立牌坊，以资旌表，以导民风。新中国成立后，我们对"好人"的尊崇和对"好人精神"的歌颂与弘扬，一度达到了空前的程度，取得了非常正能量的社会效果。那时候，"好人精神"就是"雷锋精神"，"雷锋精神"就是全民精神。全国学雷锋，人人争当活雷锋。随着国门的打开和西风东渐的侵蚀，曾经被人们无限尊崇和敬仰的"好人"，在一个时段内突然变成了人人不耻为伍的"低能儿"的代称。好人蒙羞，社会蒙难，人们蒙害……

党的十八大之后，党和政府在重塑国民精神、弘扬社会主义核心价值观方面雷霆万钧，拨云见日。让好人重回到人们的生活中，"好人精神"重新回到社会核心价值观的突出地位，而"中国好人"则是在国家层面上对"好人"和"好人精神"的高度赞美。张卫东获得"中国好人"称号，是繁星花的荣誉，更是繁星花精神的体现。

对张卫东来说，为老百姓踏踏实实做事才是他的生活日常。

"张师傅，你这一大早又是赶去麻风病医院巡线哪！"

"是啊！一天不去，还真放不下病区的那些老人！"

这是新冠肺炎疫情发生以来，溱潼镇渔业社村民们与"中国好人"张卫东几乎每天都说的话语。

60岁的张卫东，既是国网泰州市姜堰区供电公司溱潼供电所的一名运维采集工，又是"繁星花"共产党员服务队队员。40多年来，他义无反顾为辖区内的溱湖麻风病医院服务，义务当起了"编外电工"，先后服务病区患者2000多人次。2019年5月，他被江苏省文明委及中央文明委，授予助人为乐"江苏好人"和"中国好人"的称号。

张卫东家住姜堰渔业社，世世代代以打鱼为生。渔业社离偏远的溱湖麻风病医院五六公里，张卫东从小跟着父母外出捕鱼捉虾，每次乘船经过溱湖麻风病医院，都好奇地问："这个偏僻的乡村田野，为什么会建医院？"父母告诉他，这里住了好多麻风患者，麻风病易传染，感染者多肢体残疾、面目损毁。当地百姓谈"麻"色变，撑船种田都绕道而行。

溱湖麻风病医院占地近千亩，像座与世隔绝的孤岛。一天晚上，10 多岁的张卫东跟随放映师傅去溱湖麻风病医院放电影，第一次近距离看到了畸形的麻风患者，吓得躲到放电影师傅的背后。师傅劝他不要怕，这些患者早已康复，有的有家不能回，有的不愿意回家。他们同住被人遗忘的"麻风村"，需要别人理解，更渴望有人常来看看他们。

放电影期间，几位无腿的老人摇着轮椅过来向师傅求助，宿舍的灯不亮了，能否帮助修理？放电影的师傅感到为难，说自己会放电影但不懂电。看到老人怅然离去的身影，张卫东决定学会电工手艺，能随时服务对方。从此，张卫东有空就跟着村里的电工拿拿接接，暗中观察，勤学好问，不知不觉成了电工师傅的"好帮手"。

1978 年，张卫东经师傅推荐，成了渔业社的村电工。上班第一天，他就背着工具包，利用休息时间走进麻风病医院，闯进了别人眼里的"禁区"，挨个宿舍检查线路，更换了 4 只坏灯泡。临走时，几位患者过意不去，要留他吃饭。张卫东婉言谢绝，说："以后，我会常来的。"就这样，张卫东与当时的数百名麻风患者结下不解之缘和永远的亲情。

　　82岁的徐汉民既是一位麻风患者又是医院的一名志愿者，因为病情较轻主动请缨当起了门卫，义务看门。徐汉民说，自己受张卫东的影响才当了志愿者。1978年冬的一天，天寒地冻，他的宿舍停电了，另外两位缺腿的老人急得直吼。那时没电话，院领导准备派人去喊片区的专业电工，没想到，张卫东背着电工包来了。

　　面对大家惊喜疑惑的表情，张卫东说，天冷，想到一些病人洗漱不便，来帮帮忙，也顺便检查线路。

　　张卫东像往常一样，经过消毒等程序，戴上口罩和鞋套，拿出测电笔，检查闸刀里的每个触点，最终发现，保险丝断了。随后，张卫东娴熟地打开包，掏出保险丝，夹断、绕线、连接、送电，三下五除二就恢复了光明。那一刻，病人畸形的面容笑成了一朵花。

　　这么多年来，张卫东只要有空，就会到麻风病医院走走，看看病人们有没有什么需求。在大家眼里，张卫东就是他们心中共同的亲人。1991年夏，大雨不止，洪水肆虐着苏中大地。张卫东放心不下，忙完工作，几乎每晚都脚穿高靴，身着雨衣，打着手电，深一脚浅一脚，跋涉而来。一次，电闪雷鸣，打掉了"老鸭嘴"，院区停电，抽水泵"哑口"，眼看洪水猛涨，随时淹没院区，危在旦夕。患者们都挤到了高处，听天由命。张卫东安慰大家不要怕："有我在，天塌下来有人顶。"

　　张卫东冒险爬上电杆，搭起临时线路，暂时恢复供电，确保了院区不受淹。第二天，他配合专职电工办完手续，以最快的速度更换了"老鸭嘴"。

　　溱湖麻风病医院院长唐本东说，41年来，院区换了一届又一届的院长，唯有张卫东坚守41年，义务为院区修电始终如一。历届院长接力为张卫东记录了服务的次数和人数，累计2000人次了。麻风患者从当初的600多人到了现在的45人，每位患者都接受过张卫东的服务。

　　张卫东的妻子王凤没少埋怨过，说，在丈夫的眼里，麻风病医院比自家更重要，那里的每位患者都让他放心不下。儿子出生时，丈夫在溱湖麻风病医院陪伴着麻风患者；孙女儿出生时，丈夫依然守候在麻风患者的身边。两代人相隔22年，而丈夫就有一个念头，有空要多陪陪这些特殊的"孤独人群"。

　　麻风病医院占地近千亩，竖了几十根电杆，电线绵延五六公里。唐本东说，院区在张卫东心里就是一张图，每根杆子竖哪儿、多高多粗、有多少线头，张卫东都了如指掌。跑的次数多了，他闭着眼睛也能走遍院区的每个角落。

　　2015年的雷雨季节，天气闷热，雷电打断了院区10千伏变压器的熔断丝，电风扇、空调都停了，患者们个个热得直喘。这一天，张卫东破例没来。唐本东打电话给张卫东，才知他患上感冒，正躺在医院挂水。接到电话，张卫东二话没说，拔掉针头，骑着摩托车赶到医院，用"跨接地"法先保证供电。

89 岁的曹五英现在是院区年龄最大的患者。曹五英满怀感激地说，她一直喊小张，喊了 41 年，习惯了，难改口。小张除了修电，有时还帮他们打扫房间，端饭送衣，洗头理发，无微不至。更让他们感动的是，他还经常自掏腰包，买水果、牛奶、面包等食品送给大家，比亲人还亲。

40 多年来，患者们不知道，小张一直是义务为医院修电。张卫东说他只是做了自己应该做的，并希望一直保守这个秘密。

2020 年 1 月新冠肺炎疫情发生后，张卫东时刻惦记着病区内 58 名麻风病患者的安危，坚持做到每天赶到麻风病医院一趟，对病区线路设备以及患者宿舍巡视检查，积极协助医院做好病区的防疫工作。

"只要有战'疫'任务，我都会随叫随到。"这是好人张卫东参加战'疫'工作近一个月来，常挂在他嘴边的话。

1 月 24 日（除夕）晚上，位于姜堰区宁靖盐高速出口处新增的一处临时检疫大棚，急须在短时间内安装临时电源，可供电所却面临着抢修服务人手不足的困难，他从所微信工作群得知后，主动向所长张少华请缨，毅然放弃与家人的年夜饭，连夜骑车赶赴现场，完成棚内安装及搭接工作，保证了检疫站非常时期的防疫用电。

张卫东居住的溱潼镇渔业社村，房屋分散，进村入口多，村里面临防控人手不够、压力大的难题。他知道这些情况后主动要求村委会安排他到村卡口值勤，村领导拗不过他，便让他协助主卡口的值守工作，从农历正月初二起，他每天都是在完成和麻风病医院巡视检查工作后，坚持挤出半天时间，参加村里防疫卡口值勤工作。

村里的徐高发等三位老人，是行动极不方便的残疾老人，当老张从他人口中得知，疫情期间老人们急需蔬菜和生活日用品时，便主动送去自家菜地里的蔬菜，并为老人们跑前跑后，不厌其烦地从村里商店为老人们代买日常生活用品。

张卫东说，自己只是平凡的人，做着平凡的事。多年以来，他一直默默无闻地工作在自己的服务岗位上，勤劳务实，任劳任怨，用自己的一言一行、一举一动展现供电员工的风采，在电力事业的舞台上释放出属于自己的耀眼光芒。

◎ 繁星花之二：王竹青

王竹青，女，汉族，1991 年 8 月出生，中共党员，本科毕业于南京信息工程大学，江苏大学研究生在读。2013年参加工作，现为泰州市姜堰区供电公司综合管控中心营销业务员。

她主要担任综合管控中心 95598 热线督办工作，一台电脑、一部录音电话、一张张热线工单，是她工作的主旋律。她秉承"人民电业为人民"的宗旨，用"键盘"的高效传达和热线回访的"好声音"，将优质服务传递给每一位电力客户，用心解决每一张工单，力争达到"一个诉求，一次解决，一份满意"。

在她的世界里，爱也犹如青竹，始终绿意盎然，给人青春的底色，更给人持久的力量。作为泰州姜堰区供电公司的一线职工，一名"繁星花"共产党员服务队志愿者，王竹青在为三水之城输送光明的同时，也在为四野乡邻带去点滴感动。刚到供电公司，20 岁出头的她就成了一名"爱心妈妈"，用"正能量"帮扶青葱成长；成百上千次的志愿服务，她像"繁星花"一样，盛开在姜堰的大街小巷和乡野村居；抗疫过程中，她向"疫"而前，主动申请奔赴抗疫一线，为大家撑起一把绿色"保护伞"。

王竹青曾荣获"姜堰好青年"全区优秀志愿者、姜堰区总工会"五一巾帼标兵"、国网泰州供电公司优秀共青团干部等称号。

……

这段文字是王竹青申报"泰州好人"资料里的一段简介。读完这段简介，我脑海里浮现出一个灵动青春的影子，跟她的名字一样，有竹子的品格和气节，有竹子的青葱和美丽。

然而，更打动我的是媒体对她的报道，那篇报道名叫《爱如青竹雕绿意》，我们不妨摘要其中的精华。

刚来到姜堰区供电公司，20 岁出头的王竹青就成了一名"爱心妈妈"。她很喜欢这个称号，因为这饱含温暖、充满信任。2015 年，微信朋友圈里流转的一个贫困女童洗衣服的视频深深触动了王竹青。视频中的 10 岁小女孩孙婷婷也是姜堰人，出生 14 天后，母亲去世，父亲车祸致残，仅靠 80 多岁的曾祖奶奶照顾。祖孙三人挤在不足 20 平方米的低矮泥瓦房里，幼小的她用稚嫩的肩膀早早承担起照料家庭的重担。王竹青知道后，立即和婷婷取得了联系，并通过公司"繁星花"共产党员服务队，帮失去母爱的婷婷找来了一群"爱心妈妈"。于是，无论寒暑、无论忙闲，王竹青和"繁星花"队员们都会轮流来到婷婷家，她们用真心的关爱、真情的付出、真爱的呵护，陪伴婷婷健康快乐成长。5 年来，过儿童节、过生日、过节日，婷婷开始懂得了人间温情；吃零食、玩玩具、穿新衣，婷婷开始体会到了生活乐趣；读书、画画、做游戏……婷婷开始体验到了丰富人生。"繁星花"的绽放，让婷婷不再孤单和无助，不再失望和绝望，她的脸上有了笑容、心里有了阳光、未来有了希望。

婷婷成了王竹青心底的牵挂，在王竹青看来，每一片泥土都会开花，每一抹阳光都有色彩，每一个生命也都会灿烂。岁月流逝，即使有天容颜不再，生命也会因为善良而年轻美丽，永不凋零。

从孙婷婷开始，王竹青逐渐厚积无私的爱、传递真诚的善，用点滴行动去诠释"奉献、友爱、互助、进步"的志愿精神。而这恰恰与姜堰区供电公司一直以来倡导的"只做小事情，不做大文章"的"繁星花"服务理念不谋而合。

一名名基层供电职工聚在一起，就像簇拥的繁星花一样，盛开在姜堰的大街小巷和乡野村居，装扮着这方天地。每一次志愿活动，王竹青都踊跃参与，从不落下。她们走访慰问困境儿童百余人次，志愿服务对象也从留守家庭扩展到社区、学校和敬老院。其中，"行走的课堂"电力知识宣讲队走进全区 19 个"青少年之家"，累计参加电力安全宣讲60 余场次，专题辅导青少年近 700 名；通过"四季行"深入五保户、低保户家中开展民情走访，累计服务全区孤寡老人 340 余人次，为 2500 多户"五保户"和 12000 多户"低保户"办理"用电补贴"。在主动上门为老战士、老党员维修电器，更换老化线路的过程中，王竹青对姜堰区蒋垛镇103 岁高龄的老红军吴九成印象深刻。当老人看到这一位位"红马甲"时，忍不住向大家回忆起烽火连天的红色岁月，跨越时代的情谊，因为一颗"红心"紧紧相连。

赠人玫瑰，手留余香，每份感动如花瓣，绚丽生命的春夏秋冬；与人和善，每份善良如雨露，浸润着生命的最美容颜。王竹青以一片"红心"，把万千真情转变成"志愿"路上的身体力行，崇德向善、传递力量，服务他人、点燃希望。

◎ 繁星花之三：宋义兵

宋义兵是姜堰区供电公司大伦供电所用采运维班副班长，也是姜堰繁星花的一朵花、一颗星。在姜堰，人们都知道宋义兵急公好义、甘做人梯的动人故事。我们先来看看记者采写的宋义兵甘做孝子的故事吧。

姜堰区大伦镇卫星村的徐大妈今年74岁，20年前丈夫去世，女儿远嫁他乡，一场车祸也夺走了在外打工的儿子的生命，自此，徐大妈终日以泪洗面，生活极其艰难。

一天，在徐大妈家修理线路的宋义兵了解情况后，主动认徐大妈为"妈妈"。打这以后，宋义兵时不时地称来肉、买来鱼、带来水果糕点什么的，陪徐妈聊天、吃饭。"儿子"一做就是6年。逢年过节，宋义兵总会买上礼物陪徐妈，平时一有时间总往徐妈家里跑，帮助检查修理家里的线路和设备、帮助机米打油，并把徐妈的情况向村里汇报，帮助徐妈申办了低保和享受每月15度免费用电的待遇，解决了徐妈基本生活和用电的困难。

徐妈遇有头疼脑热的，宋义兵帮助寻医抓药。去年春天，徐妈患阑尾炎需开刀，宋义兵把休息时间都用到在病床前细心照料徐妈，忙前忙后、忙里忙外尽着"儿子"的孝道。

与"甘做孝子"并为美谈的，是宋义兵"勇为火种"的故事。同样是记者的报道——

2020年9月26日15时30分左右，在运粮河南岸发生了惊险的一幕，一老人不慎落水，正在附近村部办公的妇女都主任闻讯赶来，组织施救，可惜围观的人大都是妇女和老人，没人敢下水。

　　眼看水已没过老人脖颈，危急关头，途经此地的宋义兵顾不上脱下工作服和鞋子，毫不犹豫地扑向河里，冰凉的河水让宋义兵打了个战，他全然不顾，快速向老人游过去，为防止老人不配合自己影响施救，宋义兵游到老太太背后，抓住后面的衣裳踩着水向岸边游来，很快落水老太被带到了岸边，众人合力把落水老太太抬上来。

　　围观的村民纷纷赞扬他的义举，而他却微微一笑，匆匆赶往了防区继续自己的工作。

　　宋义兵常说："作为一名党员，全心全意为人民服务是我的初心，力所能及帮助有需要的人是一件快乐的事情。"

◎　繁星花之四：孙磊

　　孙磊是国网泰州市姜堰区供电公司姜堰运维站六级职员，从事变电检修工作15年，先后获得江苏省电力行业技术能手、泰州市劳动模范、泰州市五一创新能手、姜堰工匠等荣誉称号。他的优秀从一点一滴中展现出来。

　　政治过硬、模范带头。孙磊同志是姜堰运维站党支部创新党小组的小组长，政治立场坚定、大局意识强，坚决贯彻执行上级党组织的各项决策，主动带头学习习近平新时代中国特色社会主义思想，认真学习党章党规党纪；他在党小组内积极推行"1—N"（树一杆，见众影）制度，划分若干专业小组，以党员骨干担任每个专业小组长，履行师带徒的义务，发挥党员先锋示范引领作用，比师傅奉献、比小组贡献、比成员技能。营造"比、学、赶、帮、超"氛围,促进员工思想、业务双提升。他在工作中处处以党员的标准严格要求自己,任劳任怨,从不计较个人得失;他在单位组织的各项活动中均表现积极突出,并且长期积极参加社会公益、党员大走访、社区党员"五带三星"、阳光扶贫等活动。

平凡岗位、默默奉献。"当了电力人,不做则已,要做就一定要做好。"这是孙磊经常说的话,话语虽然朴实,但彰显的是一名供电人沉甸甸的责任。他是这样说的,也是这样做的。他从拧好一个螺丝的小事做起,兢兢业业、脚踏实地地工作。在日常的大、小检修工作中,他坚持以严、细、实的工作作风,一丝不苟的工作态度,在故障原因分析中,认真判断,仔细研究,精心制定抢修措施,严格现场安全管理,圆满完成每一项工作任务,确保了变电设备的安全运行。尽管变电工作量大,抢修工作任务重,但他从没叫过一声苦,喊过一声累,而是在缺陷处理完毕后,坚持"完整"消缺。他缜密反思、整理,从安全管控、故障判断、技术原理等方面进行统计分析,制定预防、应对措施。

服务用户、履行责任。2017 年 12 月,区重要用户华丽公司来到供电公司办理业扩报装业务。华丽公司新项目的用电负荷需求为 8750 千伏安,张甸变电所原先的两台 31500 千伏安主变已接近满载,无法满足华丽公司新项目负荷需求,需要增大主变负荷。公司决定张甸变主变与运粮变 50000 千伏安主变进行对调。按照常规需要 15 到 20

个工作日才能完成。公司决定1月24日开始施工，但企业1月29日前有一批订单需要交付，断电后会影响订单生产，给企业造成损失。孙磊作为此次工程主要负责人，先后三次现场勘查，优化停电施工方案，将断电施工时间从原计划的1月24日推迟到1月29日，也就是农历腊月十五施工，缩短断电后的施工时间。加上雨雪冰冻天气，给施工人员带来了巨大的考验。他每天到施工现场把控，联系公司从各方抽调人员加班加点，克服各种困难，从主变的拆解、吊装、运输到安装，保障各项工作井然有序地进行。缩短施工时间5—10天，解决了企业用电问题，为企业节约了大量成本。

爱岗敬业、兢兢业业。在生活上，孙磊最大的愧疚就是对家庭没有尽到义务，2007年正逢爱人生养，他参加竞赛出差7个月，生养期间只回家3天；2008年参加竞赛6个月；2010年参加调考2个月；2012年参加竞赛5个月；2013年5个月；2014年3个月；2017年6个月；2018年3个月，平时的加班则更多，他的孩子经常问妈妈："爸爸怎么老出差、老不在家。"从结婚到现在，孙磊有四分之一的时间是在外地，在家的时间很少。

习近平总书记说过，把每一项平凡的工作做好就是不平凡。面对成绩，孙磊总是谦逊地说，"我只是做了一名党员应该做的事情"。他就是这样一个平凡岗位上的不凡者，用自己的一言一行、一举一动诠释一名党员应有的品格，在电力事业的舞台上发出了属于自己的耀眼光芒。

……

"一闪一闪亮晶晶，我是一颗小星星……绽放最璀璨的光芒，把全世界照亮。"每次听见孩子们合唱这欢快悦耳的《快乐的小星星》，我的心刹那间就变得单纯而空灵，仿佛甜美的儿歌引导心情快速逆洄到记忆中的童年时光，在古朴的乡村里，在无边田野上，仰头看星星、思绪翩然，内心被星星的神秘和美丽感动着，很多美好的遐想，很多圣洁的崇拜，很多对外面世界的憧憬……无数的念头和幻想都在仰望星星的时候诞生。而当我读过"繁星花"的诸多报道之后，熟悉了一个一个"繁星花"的动人事迹之后，再次仰望星空或者眺望灯火辉煌的城市街景的时候，我不由得想到了这些美丽的"繁星花"！眼前次第璀璨的灯火，街边静静绽放的花朵，渐渐幻化成一张一张似曾相识的脸庞，那是姜堰"繁星花"共产党员服务队队员们的脸庞；那是一个个具有中国特色的好人的微笑！我仿佛在这繁星灿烂的微笑里看到了张卫东、王竹青、宋义兵、孙磊以及很多很多陌生又熟悉的脸庞……

"繁星花"扎根在姜堰的土地上

姜堰的天上有多少颗星星，姜堰"繁星花"做过的好事、善事就有多少；姜堰的街上有多少道霓虹，姜堰"繁星花"就有多少个荣誉。如今，"繁星花"的荣耀镌刻在天上、地上、心上，从中央到基层党组织，再到每一个接受服务的用户心里，"繁星花"都是亮晶晶的那颗星！

我无意在此一一罗列"繁星花"所取得的荣誉和奖项，因为那是一个很长很长的名单。这些都是朴实无华、脚踏实地的姜堰电力人。姜堰"繁星花"是默默绽放的花朵，是宁静闪耀的星光，是一个一个来去匆匆的姜堰电力人的背影。他们的根深深扎在姜堰的大地上，开枝散叶，谦虚地倾情奉献，默默无言。

我想说说疫情。2020 年春节暴发的新冠肺炎疫情，是人类历史上前所未有的一次冠状病毒大肆虐。抗疫，不仅是一场战争，更是一场不能失败的战争。如果说各种物资是战"疫"必需的枪弹，那么电力保障就是保证战"疫"胜利的极其特殊的物资。姜堰电力人在这场迄今依然持续着的战"疫"中，表现出了一以贯之的服务热情和工作责任感，各种各样的先进模范事迹在资料里、在新闻报道里、在姜堰人民的口碑里不胫而走。镰刀铁锤的旗帜在他们的手里飘扬得更高，更艳，更猎猎有声！

我想说说使命。对于辛勤的劳动者，使命是必达的。对于无私的奉献者，使命是神圣的。对于姜堰"繁星花"的队员们，使命是必达的神圣的。因为肩负着使命感，他们才会不畏艰险，不怕麻烦，克服困难，使命必达。对群众有求必应，有应必灵。对工作一丝不苟，热情洋溢。他们清醒地感知到自己肩负的使命不仅是"繁星花"对人民的承诺，更是电力人的形象和口碑，是党在人民群众心目中的形象和威望。有了这个朴素、客观、高度的政治站位和使命感，姜堰"繁星花"才有了源源不断的生命之水的滋养，才能绵绵不绝地发力发芽开枝散叶！

　　我最想说的是爱。"繁星花"怎么会缺少爱呢？在我的眼里，"繁星花"的爱就像星辉洒遍姜堰大地，又像春风温暖每一个角落。在孤寡老人的家里，在敬老院或者麻风病医院里，在留守儿童的日常生活里，在寒假暑假的各种安全用电知识普及的活动里，在雷雨大雪等极端天气里……在每一个你需要帮助的时刻，都有"繁星花"及时地送来爱的帮助、爱的关心、爱的微笑、爱的呵护。他们用爱温暖爱，用爱传递爱。大其大以爱人，微其微以无微。博大的爱包容万物，温暖姜堰；细微的爱遍布每一个细节，覆盖每一个角落。

　　初次接触"繁星花"共产党员服务队这个名字的时候，我很困惑。一个以红色的信仰和镰刀铁锤的劳动为光荣的党，她的基层党员自愿组织的爱心服务队为什么不叫"红旗""劳动""红星"之类听上去铿锵有力的名字，而是取了一个有点文艺风范的、带有浪漫色彩的名字？繁星花是什么花？而当我了解到姜堰"繁星花"共产党员服务队先进事迹的时候，当我看到初夏的阳光下满大街灿烂绽放的繁星花的时候，我忽然想到了繁星花的花语：博爱、正义、创造、伟大。

　　是啊！"繁星花"是博爱的，在姜堰的大地上有多少关于他们的故事在流传！"繁星花"是正义的，为人民服务的事业从来都是天底下最正义、最伟大、最光荣的事业！而最重要的事情是创造，"繁星花"是经过不懈努力辛勤创造的！一瓣花给人们创造温馨，创造美；连成一朵花给人们创造更多的温馨，更多的美；而当花儿朵朵连成花海时，创造的磅礴大美和弥天大爱，更是任何语言也无法形容的！

我终于明白这支共产党员服务队为什么叫"繁星花"了！

他们是繁星点点，默默无闻地燃烧自己，发光发热，照亮别人，却甘愿独自承担夜的黑暗和寒冷。

他们是花儿朵朵，扎根姜堰的土地，不怕风吹，不怕雨打，用尽生命之力绽放出灿烂，把美和享受奉献给生养他的土地和人民，把凋零和寂寞留给自己。

他们是爱，是美，是光明，是温暖，是骀荡的微风，是惬意的及时雨，是留守儿童和孤寡老人心里的暖与盼，是危难时候无处不在的爱和助……"我不会弹琴，我只静默地听着；我不会绘画，我只沉寂地看着；我不会表达万全的爱意，我只虔诚地祈祷着。"我祈祷这美丽的繁星花永远盛开在姜堰的大地上！

诗人说："什么是播种者的喜悦呢？倚锄望——到处是青青之痕了！"正是繁星花盛开的初夏，抬头望，满眼的繁星花芬芬芳芳，满眼的"姜堰电力"在人海中匆匆忙忙……

这遍布于姜堰大地的美丽"繁星花"，是照亮夜空的星星，是电力人默默耕耘的身影，也是这个时代最美丽的风景！

下　篇

繁 星 闪 耀

——那些在姜堰流传的"繁星花"的故事

　　在姜堰，"繁星花"共产党员服务队获得的荣誉不敢说家喻户晓，至少在那些长期接受服务的人和喜欢看新闻的人那里，可以说尽人皆知。荣誉是什么？对一支服务队来说，荣誉就是优质的服务，是汗水和热情浇开的花朵；荣誉是光荣和梦想的凝结，是"用我的心换你的笑"所赢得的高度肯定。

　　荣誉是有等级的，不同等级的荣誉含金量不同。在普通人眼里，含金量越高的荣誉标志着更高级别的肯定和嘉奖，而在"繁星花"共产党员服务队眼里，更高级别的嘉奖和肯定不仅是荣誉，还是更高级别的责任和更严格的鞭策。只有经历过的人知道——那些接受"繁星花"共产党员服务队服务的人，那些参与"繁星花"共产党员服务队活动的人，那些默默关注着"繁星花"共产党员服务队成长壮大的人都知道，每一个荣誉的背后是什么。

　　没有在月亮背后哭过的人，怎么能领会到在太阳底下大笑的滋味？

我们还是展示一下"繁星花"共产党员服务队所取得的荣誉吧！

2015 年 11 月，江苏省民政厅、共青团江苏省委颁发"繁星花"共产党员服务队 2015 年江苏省青年公益项目大赛优秀奖。

2016 年 1 月，国家电网公司党组颁发"繁星花"共产党员服务队国家电网优秀共产党员荣誉称号。

2018 年 2 月，泰州市姜堰区效能建设领导小组办公室颁发"繁星花"共产党员服务队 2017 年度优秀机关服务品牌。

2018 年 3 月，中共泰州市委宣传部颁发姜堰供电公司"繁星花"共产党员服务队学雷锋活动示范点。

2018 年 12 月，共青团泰州市姜堰区委员会颁发"繁星花"共产党员服务队 2018 年度区级优秀青年志愿服务团荣誉称号。

2020 年 3 月，江苏省精神文明建设指导委员会办公室颁发"繁星花"共产党员服务队 2020 年度江苏好人荣誉称号。

2020 年 3 月，泰州市姜堰区精神文明建设指导委员会颁发"繁星花"共产党员义工服务队，新时代文明实践志愿服务"六个一批"最佳志愿服务组织。

2020 年 9 月，泰州市法宣办、泰州市文明办、泰州市司法局颁发"繁星花"泰州市首届普法志愿服务"组织之星"荣誉称号。

2021 年 7 月，中共江苏省电力有限公司委员会颁发"繁星花"金牌共产党员服务队荣誉称号。

……

诗人说："成功的花，人们只惊羡她现时的明艳，当初她的芽儿，浸透了奋斗的泪泉，洒遍了牺牲的血雨。"任何一朵花儿的开放，都是竭尽生命之力最盛大的牺牲；任何一朵星光的闪耀，都是燃烧生命所产生的最璀璨的火焰。荣誉的背后是牺牲，牺牲的别名叫奉献，奉献的结果是服务，服务的对象会让你美名流传！

在姜堰大地上，流传着许多"繁星花"共产党员服务队的动人故事。姜堰有多少繁星花，就有多少"繁星花"共产党员服务队的故事。春去春来，大地上繁星花开了又谢，谢了又开。然而，"繁星花"共产党员服务队的脚步却一刻也没有停留，匆匆又匆匆。盛开的繁星花见证了他们辛勤的背影，闪烁的星光照耀着他们奉献的道路。他们的动人故事，在人们中间流传；他们的旗帜——共产党员的旗帜，在四季的风里高高飘扬。

第一章 保电保通 舍我其谁

（一）

距离 2020 年高考还剩不到 7 天的时候，高考考点的供电线路突然断了……

5 月 30 日 9 时 30 分许，在姜堰区 328 国道上，一辆渣土车卸货后违章行驶，升高的后斗刮扯到 8 米高的电线，司机却浑然不知，依然加大油门往前开，渣土车强大的牵引力将 3 根电线杆齐刷刷地拉断，造成了一起人为的大事故。全线 46 个专变用户、32 台综合变电瞬间失去了电力，一大片区域陷入"黑暗"。

2020 年高考考点之一的罗塘高级中学，就在这一片突然停电的区域内。此刻，学校里还有许多学生在为即将到来的大考做最后的冲刺……

"立即启动应急抢修预案，尽快恢复罗塘高级中学的正常用电！"

"繁星花"共产党员服务队应急抢修小组第一时间赶赴现场，开展现场勘查，决定采取分段抢修的策略，将曹家村 1# 变支线 1# 杆处改为耐张杆并加装一组刀闸，优先恢复罗塘高级中学的供电，然后再进行变压器、倒杆等的后续抢修工作。

11 时 34 分，电杆和所需材料准时运到了抢修现场。

在工作负责人的指挥下，吊车开始立杆，工作人员用土夯实杆基周边，抢修人员攀登到电杆顶上开始安装横担、刀闸和金具，施放搭接导线。

14 时 25 分，第一段抢修结束，除曹家村 1#变负荷失电外，罗塘高级中学等 17 户专变用户均已恢复供电。

紧张的 5 个小时，酷热的 5 个小时，挥汗如雨的 5 个小时……在"沦陷"了 5 个小时之后，焦灼中期待的人们终于迎来凉爽！

此间，第二段抢修施工所需的吊车、杆塔、变压器等抢修物资均已布置到位，抢修人员紧锣密鼓恢复剩余负荷供电……

18 时 43 分，经过 7 个小时的连续奋战，10 千伏开发 172 线曹家 1#变支线外破事故抢修工作结束，全线恢复供电。

2020 年全国普通高校招生考试在姜堰设有 4 个考点，共有 208 个考场。相比往年，2020 年高考供电保障压力明显增大，供电保障人员需要应对疫情防控形势下工作难度大、天气变化大等方面的挑战。公司总经理姚维俊在检查 2020 年高考保供电工作时强调："公司相关部门要全方位做好供电保障服务工作，以高度责任感和大局意识担负好高考保电重任，向全区 6139 名考生和家长交上一份满意答卷。"

7 月 6 日，高考前一天。姜堰供电公司"繁星花"共产党员服务队的队员们再次前往全区 4 个考点和 11 个食宿点，对学校、宾馆等关键场所的供电线路、开关柜设备再进行一次检查，确保供电设备运行状态良好，为考生营造安全、稳定、可靠的供用电环境。

他们来到省姜堰中学考点进行特巡，对学校的供电线路、配电房等设备仔细巡查，不漏过一个地方，不疏忽一个细节。

在省姜堰二中，他们利用无人机对高考供电线路全面巡视，确保线路运行状态良好。

在罗塘高级中学，区供电公司总经理姚维俊亲自参与高考保供电工作落实。

……

"繁星花"共产党员服务队对全区 11 个考生食宿点进行用电安全检查，确保考生后勤保障用电万无一失。为了实时掌握线路情况，保电人员利用无人机对涉及高考保电线路进行不间断特巡。从 7 月 6 日中午至高考结束，全体保电人员 24 小时在岗值守、在点蹲守。车辆和抢修物资备齐备足，确保了高考供电万无一失。

十年寒窗无人问，一朝中榜天下闻。这是古今读书人尽人皆知的事实，也算是中国特色吧！所不同者，古代的抢才大典并不是每年都有，而当今的高考是年年都考，年年参加考试的人都比上一年多。跟考生们面临的变化一样，对于"繁星花"共产党员服务队而言，年年高考保电，年年面临的保电情势都跟上一年不同！

譬如 2021 年这一次。

2021年的高考保电，在考前很早就进入了工作议程。保电人员进行了多轮高考保电巡视检查，对姜堰区4个考点的配电房及电气设备运行情况、有无安全问题等进行"体检"，发现的微小隐患，诸如部分低压开关柜出线孔洞封堵脱落、部分配电房未布置挡鼠板、三相负载不平衡等，都督促学校进行了有效整改，消除了用电安全隐患。

为进一步提升各高考考点供电保障能力，保证高考期间的供电可靠性，他们对各考点的用户设备及相关线路开展满负荷测试、局放试验、红外测温等带电检测工作。营销部工作人员对各学校高低压配电房、表箱、照明灯具等进行用电安全检查。运检部工作人员充分利用红外热成像、超声波、无人机等先进不停电检测技术，重点对高考考点的供电线路设备接头、变压器桩头等易过热部位进行无死角排查，并做好详细记录。

6月3日，在高考即将来临之际，公司来到满负荷测试最后一站——姜堰中学，实时观测用电负荷峰值曲线。至此，公司完成了对姜堰中学、姜堰二中、罗塘高级中学和姜堰中专4个高考考点考前的最后一轮保电特巡。

"全区4个高考考点已全部通过满负荷测试，均可正常投入使用。"当"繁星花"共产党员服务队高考保电人员在对讲机里骄傲地宣布这一消息时，他们也跟考生一样进入了"高考时间"和"高考状态"。他们，也在迎接全体考生对他们的"高考考试"！

　　高考也许是个特殊的检查和考验，在日常生活中保证学校教学工作的正常用电，才是"繁星花"队员们大显身手的战场，也是对他们业务能力和服务水平的真正考验。

　　2021年2月25日17时03分，区供电公司接到报抢修电话，姜堰二中教学区域线路突发故障，造成高三区域教学楼17个班级停电！此刻停电，对于该校1000余名高三学生来说是一场不小的"灾难"——距离高考仅剩3个月了！分秒必争、废寝忘食地跟时间赛跑的师生们，正是秣马厉兵的时候，怎么能停电呢？

　　停电7分钟时，区供电公司运维检修部8名运维人员赶到现场，开始排查停电原因。经过仔细检查，发现故障位于一处电缆沟中间接头处，判断是由于中间接头爆炸引起了同沟槽铺设的电缆被烧断，造成两栋教学楼失电。

　　根据产权界定，这本不属于供电公司抢修范围，但牵涉到该校高三1000余名面临高考的学子，学校一时找不到抢修人员，情急之下向供电公司进行求救。

　　确定故障原因后，运维检修人员在充分做好组织措施和安全措施的情况下，立即有条不紊地开始抢修。同时，为不影响学生晚自习，运维检修人员向校方领导交代了现场故障及抢修情况，协调校方将高三学生转移至未失电的教学楼，以确保高三学生晚自习正常进行。

　　此时，已是晚上20时15分。天空下起了绵绵细雨，气温逐渐下降，抢修作业空间狭窄，难度非常大，却没有一个抢修人员退却，仍然专心地进行故障处理，经过近 8 个小时的抢修，排除了全部故障，恢复了教学楼正常供电。

"来电了！"

"来电了！"

当骤然而至的光明降临在教学楼上时，一阵阵惊喜的欢呼声从教学楼飞出来，在细雨蒙蒙的夜色里飞翔。这是青春学子们对光明的欢呼！对送来光明的人们的欢呼！这是春天的旋律！春天的嘉奖！

类似这样的事情，在"繁星花"共产党员服务队的工作日志上能找到很多。在当地媒体和姜堰供电公司的工作通讯上，也能常常看到。在《繁星花》融媒体上，我看到这样一则报道。

"这么大的雨还来为我们学校检查用电设备，为我们提前做好高三和初三开学复课的准备工作，太感谢你们了！" 3 月 26 日上午，姜堰区罗塘高级中学配电房内，学校电气负责人丁宏标激动地说。

受疫情影响，江苏省初三、高三学生于 2022 年 3 月 30 日复课。区供电公司紧盯关键节点、提前部署，从 3 月 13 日起，组织工作人员实施"校园普查普检"专项行动，对姜堰全区 101 所学校配电房、食堂、教学楼、学生宿舍等用电设备进行"全面体检"，全力护航学校安全用电，为顺利复学提供电力保障。

2021 年寒假假期时间长，不少学校受到恶劣天气的影响，线路和设备被闲置同时缺乏有效维护，容易产生设备老化、线路破损导致短路等诸多安全用电隐患。区供电公司提前对涉及学校的重要线路、变压器、配电室、刀闸开关等开展"拉网式"安全用电大检查，对存在的隐患及时进行消缺处理，确保开学期间用电安全、可靠。

所有学校开学复课后，"繁星花"共产党员服务队还开展了安全用电宣传进校园活动，教育和引导师生要在疫情防控期间提高安全用电意识，积极营造安全和谐的供用电环境。

（二）

老实说，这样的新闻只是"繁星花"保电保通新闻中普通的一条。在保电保通这个主题下搜索，你能看到很多很多，其中最让我感兴趣的有重大节日或者重大活动的保电保通、突发灾害情况下的保电保通等吸睛力非常高的新闻。

我们先来看看溱潼会船节保电的故事吧。

熟悉岳飞故事的读者，都知道其中有一集讲的是黄天荡韩世忠大败金兵的故事。其实，这样的历史故事在江南民间流传的还有很多。那时候，江南人民利用自己的水上优势抵抗南下侵犯的北方骑兵，并取得胜利的事情是很多的。溱潼会船节的历史渊源，就可以追溯到姜堰人民抵抗金兵侵略的南宋时期。相传，那时候有山东义民张荣、贾虎在溱潼村阻击金兵，溱潼百姓助葬阵亡将士，并于每年清明节撑着篙子船，纷纷前来为战死的英雄扫墓，祭奠国殇英魂。"诚既勇兮又以武，终刚强兮不可凌。身既死兮神以灵，子魂魄兮为鬼雄！"

　　清明节前撑船至溱潼镇祭奠国殇英魂的习俗，就这样逐渐传了下来，代代相传，成为传统。溱潼会船主要分布在里下河水乡，纵横数百平方公里。会船通常分为篙船、划船、花船、贡船、拐妇船五种类型，除了寄寓着民众对传统文化的继承，对爱国主义精神的崇尚以外，还承载着美好的愿望和祈盼。期盼国泰民安、生活富裕，期盼人寿年丰、岁月美好。如今，溱潼会船节被国家旅游局定名为中国溱潼会船节，属于国家级非物质文化遗产、国家重点旅游项目。

　　溱潼会船节所在的溱潼镇，原名秦潼，古称秦泓，隶属于江苏省泰州市姜堰区，坐落于苏中里下河地区的姜堰区、兴化市、东台市三地交界处，旧有"犬吠三县闻"之说。它是拥有千年历史的古镇，镇区本身是 AAAA 级景区，境内还有一个 AAAAA 级景区——溱湖国家湿地公园，是麋鹿之乡以及里下河原生湿地。2016 年 10 月 14 日，溱潼镇被中国住建部列入第一批中国特色小镇名单。

　　在这样一个历史渊源深厚的千年古镇上，举办一场由国家旅游局设立的，融合了历史、文化、经贸交流等内容的大型盛会，历年历届，溱潼会船节都备受海内外媒体的关注和游客的青睐。而每次会船节的保电保通工作，都是一项严峻的挑战！这挑战，既有现实意义，又有政治意义——一句话，只能从胜利走向胜利，从圆满走向更圆满！

　　值得自豪的是，我们的主人公——姜堰供电公司的骄子们，每次都圆满地完成了任务！这其中，"繁星花"的功劳，首屈一指。

2021 年溱潼会船节保电的事情让人记忆深刻。

"会水会船绘姜堰，养生养福漾溱湖。"4 月 8 日上午，第十五届中国湿地生态旅游节暨 2021 中国泰州姜堰溱潼会船节盛大开幕。

十里溱湖，千篙万桨。2021 年的会船节以"天下会船数溱潼"为主题，充分展示了姜堰地域文化特色和旅游文化元素，观礼舞台演艺、夜间行进式光影秀表演……而这背后离不开电力的坚强保障。巡视线路、检查设备、定点值守……灯火阑珊处是姜堰供电人不断忙碌的身影，他们是会船节的守护者，保障着"千篙万桨闹溱湖，百舸争流逐春潮"的壮观场面。

节日顺利举行的背后是公司运检部、营销部、溱潼供电所等 27 名保电人员放弃清明小长假，奋战近一个月的辛劳付出。公司领导姚维俊、戴亮、栾忠飞多次前往现场进行督查和慰问，要求公司相关部门和保电团队密切配合，保质保量完成每一项保电工作，充分体现公司面对重大活动的保电水准和保电能力。开幕式当天，姜堰区委书记方针对公司在此次活动中的保电工作给予了高度肯定，点赞公司高质量、高水平的供电保障。

值得一提的是，2021 年，姜堰区充分挖掘水资源，大手笔新增溱湖水上游线夜游演艺项目，首次增加了夜间行进式光影秀表演，将历史文化与灯光技艺完美结合，让河湖

"流光溢彩""流金淌银"，实现白天一景、夜晚一梦的旅游新模式。然而，这奇特壮观的盛大场面，对供电保障工作无疑是严峻的考验。与往年相比，溱湖会船节核心区最高用电负荷明显增加，根据今年活动的特点，公司在3月中旬开始提前制订保电方案，利用数据采集和现场查勘，获取具体信息，设立保电工作小组，派出50余名工作人员，对会船节牵涉到的用电设备进行全面检查，对涉保变电站、重要线路和相关设备进行全面巡视。同时，考虑负荷增加，为景区迅速拟定新增一台800千伏安专变方案，并在12天内完成了装表送电，顺利保障了灯光秀的电力供应。

4月7日19时20分，距离夜间行进式光影秀表演还有40分钟，当主观礼台射灯、大屏、音响以及直播车等所有用电设备开启调试后，保电人员核查发现当天晚上临时新增了部分用电设备，可能影响客户侧设备安全。公司相关部门现场碰头研究后，决定立即启动应急电源车供电的方案，同步协助客户完成设备维护。20时整，"一梦到溱湖"水上行进式光影秀开启首秀，溱湖之上，水幕投影、水上灯光秀、水上舞蹈……展现了8条主体贡船的灯光夜景，整个活动表演进行了3个小时，这期间公司27名保电人员全程守护在开幕式各值守点，全力保障表演期间供电的安全稳定。

其实，从3月下旬开始，相关会船节区域涉及的4条110千伏线路，2条35千伏线路，4条10千伏线路；2座110千伏变电站，1座35千伏变电站全部进行全保护状态，公司累计开展四轮特巡，通过红外测温、局放检测等方式全面排查设备点 35 处，完成对设备隐患的快速有效消缺。与此同时，公司还调用应急电源车，配备不间断电源 UPS 作为应急电源，确保核心区域供电安全可靠。

这些记录即便不配画面，我们也能从文字的描述中感受到会船节的盛况，感受到保电任务的繁和难。巡视线路、检查设备、定点值守……灯火阑珊处是姜堰供电人不断忙碌的身影！他们是会船节的守护者，保障着"千篙万桨闹溱湖，百舸争流逐春潮"的壮观场面，赢得了人民的赞扬，得到了相关领导的肯定——开幕式当天，区委领导就对区供电公司在此次活动中的保电工作，给予了高度的评价和赞扬。

从清明节到"五一"小长假，"繁星花"忙碌着会船节的保电保通保安全等各项工作。好不容易过完小长假，心想着该放松一下了吧？仍然没有。央视晚会"一梦到溱湖"的录制准备工作，又紧锣密鼓地在姜堰铺开了，刚刚舒了一口气的"繁星花"，又转身投进保电保通保安全的战斗中去了。

2021 年 5 月 26 日晚，央视"一梦到溱湖"晚会在溱湖风景区隆重举行，姜堰供电公司 15 名现场保电人员全方位保电，高质量完成了央视晚会的保电任务。

这次晚会，是央视"幸福节节高"端午特别节目的主体。晚会以"最美金姜堰，幸福节节高"为主题，全方位宣传姜堰的城市形象，展示姜堰区生态、旅游、农业、文化等独特资源，吸引天下客商。节目的高潮部分为"一梦到溱湖"晚会，包括溱湖本地特色表演、青春歌舞、民俗文化、相声表演话端午、京剧梅派第三代传人京剧演唱等，大腕儿云集，明星荟萃，在美丽的溱湖上为全球观众奉献一场高端华丽的文化盛宴。

为切实做好晚会期间的保供电工作，区供电公司提前安排保电人员到达晚会现场，完成保供电设施的布置和用电安全排查。由于此次晚会的灯光、电子屏等设备的接入数量异乎寻常，负荷需求量较大，对供电可靠性要求较高，为此，区供电公司采用 1 辆 250kVA 应急电源车为电源，电源车通过 ATS 主供晚会用电。与此同时，为了保证在突发状况下实现不间断供电，保电人员又通过 ATS 连接另一台箱式变压器，使得特殊状况下可通过 ATS 自动切换至该箱变，实现一主一备的运行方式，提高了供电的可靠性、科学性。

整个晚会从彩排到演出，区供电公司共组织了 36 名人员，对表演涉及的 3 条线路进行了 5 轮特巡，共计消缺 3 处。晚会圆满落幕后，现场的工作人员赞叹道：“多亏了坚守在场的电力师傅，时刻保持警惕，提前发现隐患，消除隐患，否则，这么大的晚会这么多的人，后果不堪设想呀！”

类似这样的保电任务不胜枚举。

2021 年，中国共产党成立一百周年。这是一个盛大的纪念日。早在春风送暖的时候，全国各大媒体上都争相刊登庆祝建党百年的新闻，时间越接近 7 月 1 日，喜庆的气氛就越热烈、越浓厚。

跟全国各地隆重欢庆一样，姜堰区各单位也为党的百年华诞精心举办了一台台盛大的晚会。进入 6 月下旬，这些晚会的彩排及前期工作紧锣密鼓，保电保通保安全工作进入小高潮。为了营造安全稳定的用电环境，公司主动对接地各单位，获取庆祝建党 100 周年重要活动信息，滚动更新涉保客户名单，细化保电方案，明确各部门职责，做好保电准备。

6 月 30 日，公司"繁星花"共产党员服务队队员为"永远跟党走——姜堰区庆祝中国共产党成立 100 周年文艺演出"进行最后的电力保障检查。针对本次文艺演出，公司营销部保电人员提前对晚会演出场地姜堰区文体中心的内部用电设备进行隐患排查，明确演出大屏、音响、灯光等对供电连续性要求较高的用电设备的负荷，并与现场电气负责人沟通，了解实际负荷情况和接线方式，重点检查了相关的开关型号、电缆规格等是否符合需求，变压器运行情况是否正常，同时组织开展满负荷测试，制定突发情况的应急预案，确保活动期间供电的可靠性、安全性。在前期检查期间，工作人员共计整改消缺 5 处。

公司运检部针对本次演出制定了"立体防控、以点带面、全线覆盖"的保电巡视模式，将特殊巡视、定期巡视相结合，加大保电线路巡视力度，对保电线路逐基巡视、测量交跨距离，并充分发挥输电线路可视化的作用，对保电线路通道隐患进行 24 小时不间断监控，共发现 4 处隐患并及时处理。

不仅如此，针对其他单位组织的各项庆祝晚会，公司一样加大了巡检、保电力度。截至 6 月 30 日，公司已成功为"歌声里的党史教育"姜堰区红色歌曲大合唱决赛、区政协庆祝中国共产党成立 100 周年活动、姜堰区庆祝中国共产党成立 100 周年文艺演出等大型活动开展了电力保障工作，用实际行动献礼建党百年，用汗水和成绩践行着初心理念，体现了每一个党员对党的忠诚。

五六七八十，每月一日都是中国人的重大节日。"七一"建党百年庆典刚过，就是"八一"建军节的军民互爱和拥军爱军工作。紧接着，2021 年的"中秋·国庆"双节保电正式拉开序幕。

双节同庆，家国同心。在这欢度国庆、中秋团聚之时，依然可见这样一群忙碌的身影，他们坚守岗位、尽职尽责，用暖心的供电服务为新中国成立 72 周年献礼！

10 月 1 日，在 G328 南绕城供电杆线迁改施工现场，区供电公司组织施工人员抢抓工期，如火如荼地进行电缆井土建施工。现阶段工程涉及大唐电厂至南京路以及溱湖大道与双登大道南北向 10 千伏杆线入地，确保到 10 月 9 日第一阶段杆线入地停电工作如期全面结束。

面对工期紧、任务重的多重挑战，区供电公司组织多名施工人员加班加点，坚持奋战在施工一线，为支撑地方经济发展贡献供电力量。

9 月 28—30 日，"繁星花"共产党员服务队对鱼饼店电炉进行用电检测

9 月 28 日以来，在 AAAAA 级溱潼古镇旅游景区，区供电公司先后组织多名"繁星花"共产党员服务队队员来到

古镇商业街，对古镇商业街内 43 家鱼饼虾球店铺的用电线路进行检查维修，了解并检测"煤改电"后电炉的使用运行情况，确保"十一"黄金周古镇商户的安全可靠供电。

9 月 30 日，"繁星花"共产党员服务队员正在向用户科普"煤改电"好处

区供电公司近年来积极宣传推广"煤改电"能源替代工作，主动上门对接用户电力需求，从申请查勘到装表接电，每个环节让用户省心、放心，让用户真正享受到"煤改电"的实惠，有力提升了溱潼古镇的特色旅游形象。

（三）

高考保电、教学和科研单位的日常用电保障，以及重大节假日和重大活动的保电保通工作，是"繁星花"工作中的重要内容，但是，这些都是在正常条件下的繁忙和坚守。与此相比较，突发自然灾害情况之下的抢险保电，对于"繁星花"来说就显得尤为严峻、艰险，挑战性极强。

每年 6 月，我国南方陆续进入雨季，各地暴雨连绵，江河湖塘暴涨，汛情险情频发。防汛抢险、保障人民群众财产安全和生活稳定，就成了各级政府工作的重点，也是供电部门的工作重点。

进入 7 月，姜堰地区连续迎来暴雨、雷电天气，连日的强降雨导致下河地区水位持续上升，给输、配电线路及变电站、配电房设备的安全运行带来严峻考验。为确保遭遇雷雨、强对流天气时电网能安全度汛，姜堰供电公司输变电运检中心在雨

前、雨时、雨后分阶段积极开展防汛工作。雨季前，输变电运检中心提前制定了防汛应急预案，对组织领导、防汛物资储备、值班制度等进行了明确，并对辖区内21座变电站进行了巡视检查。配电运检中心对各小区配电房以及开闭所渗漏积水情况，排水泵是否正常运转等情况进行了逐一排查。

降雨时，输变电运检中心工作人员随时通过视频监控，密切关注各变电站电缆层积水情况，为防汛安全提供了坚实保障。

雨后，输变电运检中心、配电运检中心的工作人员持续开展特巡工作，对各室内及室外变电站墙面是否浸水漏水进行细致检查，同时对变电站电缆沟、雨水井、户外端子箱、机构箱、围墙外排水情况和设备防水封堵情况进行检查，及时消除进水隐患。

7月8日一早，暴雨刚刚停歇，公司配电运检中心工作人员即刻开展强降雨后的线路以及设备特巡。出发前，大家相互叮嘱："今天是连续几天强降雨后特巡，重点巡查小区配电房屋面有无渗漏，室内低洼地带、电缆沟、电缆通道有无积水，做好巡视记录。"

"下雨路滑，巡视时大家注意安全哦。"

截止7月9日，输变电运检中心、配电运检中心对辖区内21座变电站、71个小区配电房和开闭所进行了巡查，共计发现安全隐患12处并及时消缺。

防汛保电，防的是汛。三伏天的战高温保电，迎接的可是名副其实的"烤"验！梅雨过后，伏天即至。姜堰人"昼烤夜闷"

的模式无缝开启，高温不期而至！

7月15日9时47分，江苏省气象台继续发布高温橙色预警信号：预计今天白天镇江、常州、无锡、扬州南部、南京部分地区最高气温将达37摄氏度，扬州北部、泰州、苏州、南通、盐城最高气温将达35摄氏度，请注意防范。

在这条高温气象信息发布的前一天，即7月14日的21时33分，姜堰电网调度负荷已经达到了64.29万千瓦，创下了历史新高，比2020年的最高值63.13万千瓦，增长了1.8%。

7月15日，在蒋垛镇许桥村，姜堰供电公司组织了4支施工队伍，对该村10千伏蒋农125线路进行施工改造，确保人们在夏季高峰期间用电顺畅、安全。

当天，姜堰地区气温最高达到37摄氏度，67名电力施工人员挥汗如雨地对10千伏蒋农125线进行施工改造，新立钢管杆3基、新增自动化开关3台、新立更换电杆8支、更换240导线29档、新架耦合地线38档，以及蒋垛新出4#、6#电缆吊装。

这项工程是姜堰配网2021年第一批网架项目，重点解决姜堰革命老区蒋垛镇的配电网网架结构，改变该地区线路单一、供电半径长等问题，满足蒋垛用电负荷增长，形成手拉手联络，提高该地区供电的可靠性。

15日15时55分，姜堰地区突发龙卷风，造成当地俞垛、淤溪两个乡镇的10千伏南陈线、华盛线、华阳1#线等6条线路因杆塔断裂倒塌发生跳闸，共计倒杆、断杆21根，另还有20余处低压线路倒杆、断杆、树枝压线等故障，造成185台公用配变、97 台用户专变失电，受影响的居民用户大概达到了 1800 户。

灾情一线践初心，迎难而上担使命。公司立即启动灾害天气应急预案，组织了 5 支抢修队伍、122 名抢修人员、18 台抢修车辆、12 台吊车、6 台大型应急照明灯，迅速赴现场组织抢修工作。泰州供电公司副总经理季昆玉，安监部、运检部相关部门负责人；姜堰区发改委副主任柳泽友；公司领导姚维俊、王大成第一时间奔赴受灾现场进行抢修指挥，联合勘查共同确定抢修方案。灾情就是"冲锋号"，公司"繁星花"共产党员突击队勇显担当，立即赶赴受灾现场，积极投入抢修工作之中，让党旗在抢险救灾一线高高飘扬。

忍受着三伏"桑拿天"的折磨，百余名施工人员在做好各项安全措施的前提下，全力开展抢修工作。由于抢修现场环境复杂，为了保障现场抢修效率和施工作业人员的安全，抢修指挥组决定采取分组抢修模式，第一组两支队伍负责倒杆、断杆的拆除和路面清理工作，为后续抢修做好充足的准备。第二组共三支队伍立即跟进，开展后续立杆架线等相关工作。经过一夜的连续奋战，抢修工作已完成 5 条线路送电。为了尽快恢复用户供电，16 日清晨 3 时 20 分，公司在上级的大力支持下，再次组织协调新增了 4 支抢修队伍、75 名抢修人员奔赴受灾现场抢修。

抢修现场，9 支抢修队伍，197 名抢修人员，忍受着高温在杆上开展作业，努力使受损线路尽快恢复供电。9 时 45 分，公司领导王锁扣、孙智勇来到现场察看抢修进度，并慰问连夜战斗在一线的抢修员工。

7月16日14时40分，南陈143线路导线收紧固定。至此，经过近21个小时的奋力抢修，所有受灾线路已全部抢修结束。本次抢修更换了15米砼杆21基，近6000米绝缘导线以及相关附属横担、金具、瓷瓶等。

突发的灾情和事故刚刚排除，漫天就飞舞着"烟花"的气息——

7月24日，第六号台风"烟花"即将来袭！

据气象预报，受第六号台风"烟花"的影响，24日至26日，姜堰区将有明显的风雨。

每年这个季节，都会发生塑料薄膜、广告布等易飘移物挂在导线上的事情。强风天气中塑料薄膜等异物被吹落至导线上，很容易损坏电力设施，若挂至导线上的异物是潮湿的，则会形成放电通道，引起线路放电，如果此时周边刚好有人经过，很容易引起触电伤亡事件。

为确保电网以及人身安全，姜堰区区供电公司严阵以待，密切关注台风动向，迅速成立抗击台风应急队伍，全力做好防台防汛工作。

收到台风预警的消息后，区供电公司快速响应，全面进入24小时应急值班状态，密切跟踪台风动向，按照预案合理安排电网运行方式，做好事故预想，及时调整运维方式，有针对性地安排人员开展输电设备的特巡特护。组织人力物力,抓紧台风登陆前的黄金时期,对输电通道周边环境隐患、树竹隐患、异物隐患、易冲刷隐患再排查、再清障,通过"人巡+机巡"的立体巡检方式进行线路巡视。并运用无人机喷火技术,对110千伏高干线进行飘浮物清除工作,消除隐患点,保证线路安全稳定运行。

截至7月24日12时,区供电公司已累计出动特巡人员364人次,83车次。加固、拆除临时建筑35处,消除输电线路危险点24处,拆除、下架广告布、铁皮围栏等危险源11处,砍伐、修剪树竹650棵。

区供电公司将持续关注天气变化情况,做好24小时应急值守工作,时刻待命,一旦发生险情,及时启动应急预案,全力做好故障抢修工作,确保全区人民安全可靠用电。

暴雨连着高温,台风送来"烟花"。接二连三的考验,淬炼出了"繁星花"坚强的意志,捶打着他们的身体,坚定着他们的初心。当秋天的最后一片落叶还在枝头瑟瑟,他们迎着滚滚寒潮,又行走在保电送暖的征途中。

12月29日,受强冷空气影响,姜堰区出现大风降温和雨雪冰冻的恶劣天气,区供电公司接连接到报修电话。

"喂,是供电公司吗?我家里突然没电了,不知道怎么回事,家里老人要用吸氧机,麻烦你们快点来帮我看看。"

12月29日23时11分,温度已达零下5摄氏度,区供电公司接到一张紧急抢修工单。

　　家住人民中路的顾先生家中突然断电，87岁的老人因呼吸功能不好需长期吸氧，断电后，吸氧机停止工作，情况十分危急。顾先生一家住的是店面房，断电后电动卷帘门无法开启，顾先生全家均被困在室内，无法外出检查断电原因。

　　接到电话后，区供电公司立即安排抢修人员赶往现场，现场检查发现系用户所用40A开关超负荷运作跳闸。虽然不在区供电公司服务范围内，但由于用户的特殊情况，抢修人员立即为其更换大容量60A开关。经过8分钟的快速抢修，老人的吸氧机又重新供上了氧气。

　　1月7日上午8时26分，姜堰供电公司配抢中心值班员吴凤岗、唐利新接到调度抢修班工作人员派发的工单后，立即穿戴好衣帽、拿上工具包，两人顶着零下9摄氏度的低温，冒着刺骨的寒风，迅速驶向小区。

　　据泰州市气象台三级寒潮黄色预警，受北方强冷空气影响，姜堰地区7日至8日早晨最低气温达到零下11摄氏度。期间，还伴随有5到7级偏北大风。寒风加上超低温，使得许多居民家庭出现用电故障，纷纷向区供电公司打来求助电话。

　　"师傅，我家这早上只开了照明灯，按理说，用电负荷也不大呀，可就突然断电了，电费代扣的银行卡上余额还多，也不该是欠费，烦您快帮我看看。"福田铭苑18号楼住户王先生抱怨道。

"好的，您别着急，我来帮您检查看看。"唐利新边安抚顾客，边检查用户的电能表箱。

"您去开灯看看，有电没？"吴凤岗说。"有电啦，谢谢，谢谢！""不客气，这是我们应该做的，如果以后有什么用电问题，可以拨打我们的热线抢修电话。"吴凤岗从包里拿出一张电力抢修服务热线便民卡给用户后，两人便一头扎进了凛冽寒风中。

"喂，您好，师傅，我家在欧洲花园2号楼，请您来帮我看看，我家没电了。"在原本打算回配抢中心的路上，吴凤岗又接到一通抢修电话，唐利新立即调转车头，向欧洲花园驶去……

从12月29日起第一波寒流至今，姜堰供电公司共接到并处理抢修191起，出动382人次，191车次。为了保障民众取暖用电需求，区供电公司密切关注天气变化情况，持续加强对高风险线路、设备运行状况的监测预警，扎实开展导线覆冰等隐患排查治理工作，加大应急值守和抢修力量配备，备强备足抢修人员、物资、车辆，确保发生故障后，能够快速反应、高效处理，全力守护"霸王级"寒潮中的万家灯火。

从来就没有什么岁月静好，只是有人替你负重前行。从春天的第一缕阳光照耀，到冬末的最后一粒寒星闪烁，姜堰"繁星花"一直在路上，在保电保通的路上，在抢险抢修的路上，在为民服务的路上，在践行初心的路上。他们，在路上负重前行，留下一路风景如画，留下一路足迹如花……

第二章　送光送暖　我行我素

（一）

心理学和社会学的研究表明，少年时代的生活环境对人的性格形成、心理影响，以及人生观、社会观的形成，都有着至关重要的影响，尤其是贫困。一个少年儿童长期生活在贫困的生活环境中，如果能得到正确的引导和陪伴，使他逐渐客观地认识贫困，那么，这种贫困对他而言就是人生的一剂良药。反之，如果一个少年生活在贫困的环境之中，得不到关心、引导、陪伴，他的心理健康和人生观必然受影响而扭曲。古今中外，有很多名人成长的故事，以及很多作家的作品，都佐证了这一点。

在姜堰，也有一群这样的少年儿童。他们因为种种原因而生活在贫困之中，在河南社区和娄庄镇放牛村生活的黄丽菁、孙婷婷就是这样的情况。黄丽菁今年 7 岁，上小学一年级，由于父母亲均为聋哑人，她由年迈的爷爷抚养，主要是和爷爷生活在一起。孙婷婷今年 14 岁，上初二，和 90 岁的曾祖奶奶一起生活，祖孙二人挤在一间面积不足 20 平方米的低矮房子里，相依为命，互相照顾。孙婷婷平时一边上学，一边用坚强的柔弱的肩膀担负起家庭生活的重担，学习成绩也十分优异。

她们的情况引起了"繁星花"的关注。1 月 16 日，"繁星花"共产党员服务队队员先后来到河南社区和娄庄镇放牛村，看望、陪伴这两位生活在困境中的小朋友。

当天下午，"繁星花"队员们先来到黄丽菁家，他们带着牛奶、花生油、年货礼盒等慰问品和春联，小丽菁看见了她们非常高兴，队员李向丽主动担任起了"爱心妈妈"的角色，跟黄丽菁建立了长期帮扶关系。李向丽热心地与爷爷交谈，详细了解了孩子近期的生活、学习情况。"繁星花"队员顾亚琴，现场拿着《中国地图》教小丽菁，聪明的小丽菁很快就学会了辨认东西南北，还能迅速找出江苏省的所在。顾亚琴还给小丽菁布置了任务，下次来要考考她背唐诗和唱儿歌，小丽菁愉快地点着头，表示一定能完成任务。

随后，"繁星花"队员们来到娄庄镇放牛村看望孙婷婷，送上了新春的祝福和牛奶、食用油等慰问品，以及其他的生活用品、学习用品，志愿者们还为婷婷家检修了电线线路。婷婷的曾祖奶奶激动地握着队员的手，连声道谢。

李向丽仔细了解了婷婷上初中以来的生活学习状况，对她在生活中遇到的难题逐一帮助解决，鼓励她好好学习、坚定信心、乐观向上，用勇气和信心战胜生活上的困难，学会在逆境中树立正确的人生观。

5月13日，是孙婷婷的生日。"繁星花"们相约来到孙婷婷家，陪她过一个快乐的、有意义的生日。志愿者们为小婷婷带去了柴米油盐等生活必需品，送上了贺卡、文具等贴心礼物，以及孙婷婷最喜欢吃的肉粽子。在学校期间是学霸的大姐姐，先给婷婷面对面辅导作业。然后擅长化妆的大姐姐帮助孙婷婷梳洗打扮，把她妆扮得漂漂亮亮，和婷婷一起分享生日的快乐。

"祝你生日快乐，祝你生日快乐……"当欢快的生日歌声飘荡在简陋的屋子里时，这间一度寂寞的小屋充满了爱和欢乐、光明和温暖。在孙婷婷的人生中，这是普通的一天，但绝不是平凡的一天。这一天，她的人生被爱点亮，她在贫困的环境中看到了光明的前途。

跟孙婷婷相比，只有8岁的黄丽菁要天真一些，毕竟儿童的心思跟少年的不同。虽然她父母是聋哑人，她跟爷爷一起生活，但自从"繁星花"李向丽担任了她的"爱心妈妈"之后，她的生活和学习就有质的转变，长期的帮扶让她们之间自然而然地产生了感情。李向丽常常牵挂着小丽菁，几天不见就放心不下，非得跑过去看看才能放心。小丽菁对"爱心妈妈"也产生了依恋，也是几天不见就非常想念，盼着"妈妈"快点来看她。每次"爱心妈妈"来看她时，都会询问学习情况，鼓励她好好学习，并给她解决生活上的困难。开朗的小丽菁也会给"爱心妈妈"背诵新学的唐诗，表演在学校学习的节目。她还会把自己的"小需求""小愿望"当作悄悄话，说给"爱心妈妈"听。"爱心妈妈"也会满足她的"小需求""小愿望"，给她带来一个一个小惊喜，大鼓励。慢慢地，这个曾经生活在物质和精神双重贫困之中、没有父母可以交流情感的自闭而羞涩的孩子，变得活泼开朗了，她会给"繁星花"的"爱心妈妈"写信了，表达她的感激，表达她的快乐，表达她对某件事情的疑惑……她会和"爱心妈妈"交流了，她懂得感恩了，她在健康的道路上成长、进步。

一个、两个小丽菁可以建立点对点帮扶，社会上还有不少的小丽菁，怎么办？还有很多孩子需要其他方面的关心怎么办？"繁星花"想到了青少年之家，用青少年之家这种方式，给全社会需要关心的孩子提供一个学习知识和快乐成长的好地方。

公司团委一马当先，也加入了"繁星花"服务队，用更丰富多彩的形式与更贴心的服务，营建更受青少年欢迎的"青少年之家"。

2020年以来，公司团委积极响应团区委青少年之家建设运营工作要求，先后组织"繁星花"服务队志愿者深入蒋垛镇、娄庄镇、溱潼镇、中天社区、康华社区、凤凰书城等青少年之家，开展"繁星花"行走的课堂电力知识宣讲活动，用寓教于乐的方式向小朋友宣传安全用电、科学用电、节约用电知识，让孩子们学到了书本上学不到的知识。该项活动得到了上级团组织和领导的充分肯定，受到了广大儿童家长的一致好评。7月6日下午，团省委副书记司勇带队，专程到姜堰区凤凰集团青少年之家，指导公司"繁星花"行走的课堂，并对"繁星花"服务队所取得的成绩给予了充分肯定和高度赞扬。

暑期已至，"繁星花"服务队将针对农村留守儿童多、中小学生缺少安全用电常识、缺乏自我保护意识的特点，继续深入全区19个青少年之家开展"暑期用电安全课"活动，通过动漫、实物、互动小游戏的形式，面对面进行宣传与讲解，让孩子们了解到安全用电、节约用电的小常识，将日常用电安全知识送到孩子们的心中，提高孩子们的安全用电自我保护能力。

由于在全区青少年之家活动课程配送服务中表现突出，姜堰供电公司"繁星花"服务队被共青团泰州市姜堰区委员会表彰为"姜堰区青少年之家建设运营工作先进集体"，"繁星花"志愿者严宇被评为"姜堰区青少年之家建设运营工作先进个人"。

"行走的课堂"是"繁星花"为青少年之家开设的流动课堂，这个课堂在全区不同的青少年之家宣讲，课堂的内容也适时调整，以期更符合青少年的需求。4月1日，"繁星花"共产党员志愿服务队带着"行走的课堂"走进华港镇青少年之家，给孩子们上了一堂安全用电知识科普的实践课。志愿者们利用视频、PPT以及实际操作展板等方式，联系日常生活现象，用通俗易懂的语言，形象地为孩子们讲解了预防触电和触电后的急救措施小知识。为了让孩子们理解透彻，记忆深刻，志愿者还向孩子们展示了家用电表、漏电保护器、闸刀、开关、灯泡等实物，孩子们纷纷上前，在志愿者的指导下，亲自操作各种电气实物，加深了小朋友们对安全用电知识的了解。讲解过程中，志愿者为了活跃课堂氛围，采用了有奖竞答的方式，加强与孩子们的互动交流，让孩子们在快乐的气氛中学习。

活动结束后，"繁星花"志愿者送给在场的每位小朋友精心准备的文具用品，并嘱咐他们"节约用电从小事做起，安全用电从我做起"。引导他们树立节约用电的理念，养成安全用电的好习惯。

"行走的课堂"在行走。

4月13日上午，这堂安全用电知识科普课走进了俞垛镇青少年之家，"繁星花"给小朋友们讲解电力安全知识。在课堂上，"繁星花"队员们采用幻灯片、图片展示、互动提问、设备模型等多种形式，从电是什么、电从哪里来、生活中的用电、室内安全用电、室外电力危险点等方面，给小朋友们做了详细的讲解、提问、纠正。使听课的小朋友们了解了电力基础知识，学会了应该怎样"智慧用电""节能用电""安全用电"，增强了"安全用电从我做起"的责任意识。

为了增加课堂的趣味性和直观性，在学习电的基本知识时，"繁星花"队员们拿出了静电离子球，小朋友们把手放上去和球内高压静电产生感应，在球内低压气体中产生放电火花，就形成一条条有颜色的光线，小朋友们被神奇的光线吸引，惊讶得一个个张着小嘴巴——啊！异口同声地发出了赞叹声。

活动中，"繁星花"还带领孩子们共同观看《高压线下，禁止钓鱼》电力设施保护视频，让孩子们更直观地了解安全用电知识。

看完视频，他们还把孩子带到室外，向孩子们展示无人机，伴着螺旋桨的轰鸣声，一架小型四旋翼无人机在队员的操控下，携带着高清云台向高空飞去，无人机时而悬停、时而快移，给孩子们展示了无人机的灵巧和在电力线路的巡检中的重要作用，再次赢得啧啧的赞叹声。青少年之家的负责人衷心感谢公司"繁星花"党员服务队给孩子们带来的这堂生动形象的电力安全知识科普课，他诚恳地向"繁星花"共产党员服务队提出请求，请求他们利用工作之余，更多地走进各乡镇的青少年之家，为越来越多的孩子们上一堂电力安全知识的科普课。

7月1日上午，"繁星花""行走的课堂"走进姜堰区娄庄镇"青少年之家"。"繁星花"青年志愿者为该镇暑期留守儿童上了一堂生动的安全用电教育课。据志愿者陈扬介绍，参加此次活动的留守儿童共有30名，这些孩子多半时间与年迈的爷爷奶奶在一起。伴随暑假的到来，孩子们放假在家会经常接触电器，而孩子们的好奇心往往比较重，安全意识薄弱，很容易发生触电安全事故。"繁星花"想通过这堂课，在孩子们心中播撒安全的"种子"，让孩子们学习安全用电的基本知识和防护技能，提高安全用电意识和特殊情况下的自我保护能力，"繁星花"志愿者与孩子们共同观看了《阿德的奇妙安全用电之旅》安全用电动漫，志愿者陈杨、夏昊用通俗易懂的语言进行实物演示，为孩子们讲解夏季高温环境下的一些安全用电小知识，并生动地指导孩子们如何避免人身触电伤害。在讲解过程中，志愿者为了让孩子们牢牢记住安全用电知识，采用了有奖竞答的方式，加强与孩子们的互动交流，让孩子们学有所乐。活动结束后，"繁星花"志愿者给在场的每位小朋友送出了精心准备的文具用品，并嘱咐他们在暑期坚持学习，度过一个快乐、充实的假期。

"同学们，湿手一定不要触摸电器、开关！"

"在外玩耍时不要攀爬变压器……"

这一句句叮嘱，寄托着"繁星花"的殷殷之情，也让"行走的课堂"真正走进了很多人的心里。

　　"行走的课堂"解决了青少年和城乡留守儿童对知识的渴望，"暖春行动"要解决的，是留守儿童缺少的陪伴。在第54个"学雷锋日"到来之际，姜堰"繁星花"共产党员服务队来到姜堰区梅垛中心小学留守儿童服务点，开展"牵手陪伴·呵护成长"志愿服务活动，传承雷锋精神，传递"春天般的温暖"。

　　活动中，"繁星花"志愿者通过PPT演示、有奖趣味问答和室外实地操作等形式，向参加活动的20多名留守儿童普及新能源光伏发电知识和家用电器的安全使用方法，还向孩子们普及了燃放孔明灯的危害等知识，向他们赠送课外书籍，鼓励他们好好学习，通过读书拓宽眼界，获得丰富的知识，做一个对社会有用的人。志愿者还纷纷担起了课外辅导员的责任，帮助辅导作业，解决难题，给予他们学习和心理上的辅导。

　　初步统计，自"行走的课堂""暖春行动"等活动开展以来，"繁星花"共产党员服务队的志愿者，共开讲38堂课，开展"暖春行动"20次，共计组织活动58次。这些活动，既响应了公司号召，全力推进了"青少年应急安全提升工程"，又让很多孩子学会识别安全警示标志，学会了家用电器设备的规范使用以及遇到雷雨恶劣天气如何预防雷击等知识，学会保护自己，避免意外伤害，切实为学生撑起电力安全的"保护伞"。

　　走在前进的征途上回眸，"繁星花"先后开展的以服务青少年为主题的活动有：

"寻找身边困境儿童"

"爱心父母"

"成长伙伴"

"暖春行动"

"行走的课堂"

......

这些带着浓浓爱心的行动，关爱了困境儿童，感动了姜堰人民。在真爱呵护下，让这些囿于困境的孩子们从心里感受到从未有过的春天的温暖，看到了繁星花花开的美丽。

（二）

"老吾老以及人之老，幼吾幼以及人之幼。"这是古代中国的一位圣贤给齐宣王开出的治国方略。数千年来，中国人推崇这句话所蕴含的道理和情怀，却不甚了解说这句话的孟子，而齐宣王，这位大名鼎鼎的齐国国君也并未采纳孟子的建言。后代的人们提起齐宣王，只记得滥竽充数这个典故，还有为数不少的人想当然地把滥竽充数改造成烂鱼充数……

滥竽充数也好，烂鱼充数也罢。历史如云烟翕呼，时代如春秋代序。今天的人们还能尊崇古代圣贤的思想，崇尚"老吾老以及人之老，幼吾幼以及人之幼"的道德情怀，这是文化的力量，也是人性的本真。老有所养，幼有所育，有帮有扶，有怙有恃。这是文明社会应有的和谐幸福图景，也是姜堰"繁星花"共产党员服务队的愿景和行动指南。

在尽力呵护留守儿童、帮扶困境少年的同时，他们也把大量的精力倾注到尊老、爱老、扶助孤老的公益上去。而在他们尊老敬老的事迹中最应该浓墨重彩描绘的，就是尊爱老红军的故事。

2020年7月31日，在第93个建军节来临之际，"繁星花"共产党员服务队队员带着大米、食用油以及牛奶等慰问品，来到蒋垛镇百岁老红军吴九成老先生家中看望慰问。队员们给吴老送去了节日的祝福，表示出对先辈革命历史的尊崇，并带着虔敬的心情，倾听吴老讲述他的革命历史。

吴老说，他的原籍是江苏海安，自16岁参加中国工农红军红十四军，现龄106岁，是目前江苏省唯一健在的红十四军老战士，先后参加了"老虎庄战斗""黄桥八三暴动"等主要战斗。最让吴老记忆犹新的战斗，要属1930年的反"八路围剿"了，吴老所在的红十四军一师二团在六甲桥附近的宝庆寺，包围并全歼了敌队一个连——砰，砰，砰，吴老抬起自己的右手，做了一个瞄准射击的动作，再现当年英勇杀敌的情景。说到兴起，老红军不由唱起歌，"繁星花"队员们伴着苍老而有劲的歌声拍手打起了节拍，也跟着唱起来了——东方红，太阳升，中国出了个毛泽东……

中国出了个毛泽东！这是多少代人打心眼里说出的一句蕴含丰富的话呀！今天，"繁星花"还在践行着毛泽东的教导，全心全意为人民服务。

听完老红军的革命故事，"繁星花"队员们对吴九成家里的电气设备、照明线路等进行了全面检查，并指定了专人定期上门慰问老红军，义务为老红军维护家里用电线路。

　　87岁的李兰英，13岁加入儿童团，担任团长，带着儿童团为党组织站岗放哨、传送情报，做布鞋、送军粮，参加抗战支前。1946年，李兰英加入中国共产党，任乡妇联委员、主任，先后参加苏中"七战七捷""渡江战役"等支前工作。新中国成立后，她不事张扬，一直在家务农，曾被评为江苏省劳动模范、全国拥军模范，1967年在北京受到毛主席的亲切接见。

　　2015年9月3日，北京纪念抗战胜利70周年大阅兵。李兰英以支前模范的身份编入阅兵方队，抗战胜利70周年阅兵。这是泰州市唯一的，也是全国为数不多的殊荣。

　　带着对党和政府的感激，带着胜利的自豪，9月6日，李兰英回到家乡蒋垛镇蒋垛村。消息传开后，姜堰区"繁星花"共产党员服务队连夜准备慰问品，组织服务人员，并与老人和当地政府取得联系，前去慰问这位英雄老妈妈。

　　在李兰英家中，服务队员对家用电器和室内线路一个一个地进行检查调试，一处处地进行维修保养。同时，队员们热情邀请老人讲述支前抗战的故事和这次参加阅兵彩排的感悟、感触，积极接受革命传统教育。

　　丹桂飘香时，月圆中秋到。9月17日下午，在中秋佳节来临之际，"繁星花"共产党员服务队来到姜堰区梁徐镇敬老院，为该院40位孤寡老人送上中秋祝福和节日问候。

　　在梁徐镇敬老院，"繁星花"队员们将提前准备好的月饼、牛奶、八宝粥等物品分发给每位老人，老人们拿到礼物，脸上洋溢着幸福的笑容，现场充满了浓浓的亲情味。

"繁星花"队员们耐心与老人们唠家常，询问他们近期的身体状况和生活情况。其中有一位 94 岁的肖宝厚老人，患有阿尔茨海默病，却时刻不忘他是一名光荣的共产党员，是一名荣获军功的军人。老人的手不停地抚摸着他的军功章，在"繁星花"队员们的帮助下，老人慢慢地回忆起他的光荣岁月，讲述他参加抗美援朝的军旅生涯。

为了确保老人在节日期间安全用电，"繁星花"队员在院长的指引下，细致检查了敬老院内的配电房、食堂、楼道、老人居住的房间的电力线路和用电设备。

告别了敬老院的老人们后，"繁星花"队员们驱车来到了位于大伦镇东徐村孤寡老人刘吉英家中。77 岁的刘吉英老人在经历了早年丧偶、晚年丧子的打击后，终日以泪洗面。后来"繁星花"队员宋义兵在上门收取电费时了解到这一情况，便当场认了干妈。自那以后，宋义兵便把老人当作自己的亲生母亲一般照料，无论是平时休息还是逢年过节都会来看望老人。

在刘吉英家中，"繁星花"队员王竹青和冯睿拉着老人的手与老人贴心交流，询问她的健康状况、生活上存在的困难等情况，并叮嘱老人天凉添衣，注意用火、用电安全。在亲切的交谈声中，老人沧桑的脸上绽放了幸福的笑容，感激之情溢于言表。

慰问活动中，"繁星花"共产党员服务队队员们用自己的爱心让老人们真真切切地感受到了社会大家庭的温暖，给他们送去了节日暖心的祝福。为孤寡、高龄老人解决多种实际困难，把为群众办实事落到实处，传递社会正能量。"繁星花"共产党员服务队队长吴丽莉在总结慰问行动的时候，说："围绕群众生活中遇见的一些困难和问题，把服务送到老百姓的心坎上，既是我们共产党员服务队的工作要求，也是我们共产党员服务队对广大人民群众的服务承诺。"

要兑现这个承诺，就要扑下身子，甘做孺子牛。走进社区，走进各种养老、敬老院，送服务上门，3·15组织消费者维权，为困难户修改家庭用电线路，集中服务"三下乡"……"繁星花"每做一件事，都拿出十分的努力，百分的诚心、爱心、责任心。

先来看看"繁星花"共产党员服务队走进社区，服务居民的事情吧！

2020年2月15日，公司"繁星花"共产党员服务队队员走上街头，走进社区服务居民，开展新春"先锋社区行"服务活动，向市民宣传电力设施保护知识，帮助客户开展客户基础信息核对、绑定微信、办理电费银行代扣，现场展示家庭安全用电隐患样品。

当天上午，公司"繁星花"服务队的摊点前，需要服务的居民排起了长队。68岁的老太李凤英说，她想查询，家里每月用了多少电，需要缴多少费。服务队队员张令叶接过李凤英的手机，帮李老太下载了一个APP，然后手把手地教会她使用。

"以后，你不仅可查每月用电量和电费，还可在家缴电费。"张令叶说。

李老太按照所学的演示了一番，也情不自禁地说："真方便，解决了我们生活中的一大难题。"

服务现场，"繁星花"队员王莉拿着张开的孔明灯，向市民宣传电力设施保护知识，告诉大家放飞"孔明灯"给电力设施造成的危害，教育并引导他们自觉维护电力设施安全供电。65岁的黄志生告诉笔者，他的孙子今年10岁了，以前，孙子特别喜欢放孔明灯，去年春节期间，孙子买孔明灯时，被供电人"逮"了个正着，他们没有处罚小孙子，反而耐心地给孙子讲放飞孔明灯对电力设施造成的危害。

"现在，我的孙子不放孔明灯了，还阻止小伙伴放孔明灯呢！"老黄说。

姜堰城区府东新村居民老陈说："我想解决的问题与自己无关。昨晚，小区63号楼沿街一楼发生火灾，几户人家受损，能否上门帮忙恢复烧毁的线路？"

"繁星花"共产党员服务队队长张立志立即登记下来，随即请抢修队钱宝等4名党员到场了解情况，计算所需材料，并明确了16日上门免费拉线接灯。

"繁星花"的这次活动是姜堰区委区级机关工委组织的。据姜堰区委区级机关工委负责人介绍，根据前期大走访，他们认真梳理了100多个居民生活中遇到的小问题。几天前，他们网络微信等媒体，发布活动通知，希望需要解决问题的"走访对象"集中凤凰文化广场，寻找能够解决自己问题的服务摊点。当天，180多名党员干部共为500多名群众提供就业咨询、医疗健康、法律援助、家政服务、电力检修、节能环保、诈骗预防、金融风险、权益保障等服务，解决群众生活中遇到的 80 多个问题。

我们再来看看"繁星花"共产党员服务队开展的"暖春行动"，服务残疾孤老的事迹吧！

1 月 16 日，"繁星花"共产党员服务队队员带着年货来到蒋垛镇六港村特困户夏友贤家中，帮助老人打扫卫生，检查室内外线路。看着忙前忙后的红马甲们，夏友贤感激地说："感谢共产党，感谢供电人，是你们给我带来了温暖……"

78 岁的夏友贤老人是患重度麻风病的孤寡老人，手萎缩了，脚烂掉了，无法起身站立，只能在地上爬行，长期依靠低保生活。

2015 年，公司职工李如冰被泰州市委组织部选派到蒋垛镇六港村担任第一书记，上任后，李如冰深入基层，走访了解到这个残疾老人，随即与之建立了挂钩帮扶对象，并带动了公司"繁星花"服务队队员，定期上门帮助老人解决生活中遇到的难题，当年就为老人筹资新建了瓦房。

为充分发挥"繁星花"共产党员服务队的先锋作用，把服务送到老百姓的心坎上，把温暖传递到老百姓的身边，公司以"暖春"为主题，组织"繁星花"服务队队员集中开展个性化服务、差异化服务和社会公益服务，以空巢老人、留守儿童等弱势人群为重点，为他们提供生活保洁、年货置办、温馨陪护、心理疏导等服务，为他们送去温暖和爱心。当天，公司运检部"繁星花"

服务队成员李向丽、严铭等人，带着年货，拿着抹布、鸡毛掸、扫帚，帮助老人打扫卫生、铺床叠被，张贴"福"字，倾听老人忆苦思甜，陪老人说说话，让老人过一个温馨祥和的新年。

　　类似夏友贤老先生这样的老人有很多，他们都需要社会的关爱和爱心人士的帮助，这正是"繁星花"无私大爱的"用武之地"。我再说一个"繁星花"冬季安全用电送上门的故事吧！

　　"许阿姨，一个插座上不适宜插太多插头，电热水壶、空调等大功率设备最好单独插在一个插座上。"12月22日，"繁星花"共产党员服务队队员来到中天新村住户许姝家中，检查其家中用电设备安全，并教她使用国网APP，提醒冬季安全用电知识。

　　在中天新村住户高存禄家中，"繁星花"服务队队员缪建军向用户详细讲解冬季安全用电注意事项、国网APP使用方法以及节约用电小知识，还耐心演示了一些家用电器的正确使用方法，使用户对安全用电、节约用电有了更为直观的感受。

　　另一位队员赵爱顺则为高存禄老人检查家庭用电设备，从入门的电表箱，到厨房的大功率电器，到房间的电热毯、插座，再到浴室的开关，各处都仔仔细细查看了一遍。

　　"高大爷，插座电线要尽量离油锅、水池远一些，最好能固定在墙面，您这电线绝缘皮都破了。"赵爱顺边说边从工具包中拿出胶布将裸露电线缠绕起来，确保用户家中没有安全隐患后，队员们才离开去下一户。

　　"繁星花"服务队队员们还有针对性地对车库用户详细讲解电炊具等大功率电器的使用注意事项,提醒住户若在使用时,发现电线过热、有烧焦气味或是经常跳闸,要及时联系专业电工或供电部门台区经理来核查,及时增大电线线径以及空气开关容量,避免发生意外。

　　每年的央视"3·15晚会"是收视率最高的晚会之一,原因就是中国消费者太关心消费欺诈和消费维权的事情了。这些事情表面看都是鸡零狗碎的生活琐事,往深里挖每一件都牵扯着千家万户,每一桩都关系到政府及其相关部门在人民群众中的形象。因此,在电力行业开展消费者维权活动是必要的,也是深得民心的。姜堰"繁星花"在这一方面发力深耕,潜心服务,达成的效果也是良好的。

　　2021年3月15日下午,姜堰供电公司"繁星花"共产党员服务队走上街头,会同姜堰区其他部门,开展"先锋社区行——消费维权"党员志愿服务集中活动。活动以宣传展板、发放宣传资料、咨询服务、现场讲解等多种形式,倾听客户需求,维护消费者合法权益。

　　"早上8点到晚上9点,电费是0.5583元;晚上9点到早上8点,电费是0.3583元,你们可以趁早上的时间烧水,一度电就可以节省2角钱。"

　　"一旦遇到用电问题,你可以随时拨打我们的95598热线电话。"

"如果你看到有人在电线下钓鱼，请你立即拨打我们的热线电话……"

活动现场，公司"繁星花"志愿者结合"消费维权"这一主题，积极向过往群众发放《业扩报装流程》《微信、支付宝缴费流程》等宣传手册，手把手指导客户下载"掌上电力"客户端，主动向客户介绍客户端平台业务功能，帮助客户完成用电户号绑定。同时，就客户所关心的电价电费政策、报装接电、故障抢修等方面的知识，服务队队员们进行了耐心、细致的解答，针对一些客户的用电疑问，服务队队员还将上门服务，解决客户家中的用电异常问题。

这次活动共发放宣传手册 500 余份，征集客户意见和建议 15 条，受到现场客户的欢迎和好评。

"繁星花"走进"三下乡"集中服务活动现场，是志愿者们响应上级号召，走乡入镇把电力服务送上门的又一项举措。1 月 7 日，在江苏省暨泰州市文化科技卫生"三下乡"活动现场，"繁星花"共产党员服务队向江苏省副省长马欣介绍这一活动的开展情况。

当天上午，姜堰区溱潼镇人头攒动，热闹非凡，由江苏省委宣传部联合省文明办、省教育厅、省科技厅、省民政厅等 28 个部门开展的 2022 年江苏省暨泰州市文化科技卫生"三下乡"集中服务活动在这里隆重举行。现场开展 10 大类共 43 项现场服务活动，集中服务活动专区长达 1.5 公里，设置 180 多个摊位。

在活动现场，泰州供电公司纪委书记兼工会主席朱云山、公司党委书记王锁扣、副总经理栾忠飞以及泰州公司党建部负责人亲赴现场，在公司设立的"星连心"供电服务摊位上开展工作，公司6名"繁星花"共产党员服务队队员积极地向驻足观看的群众展示宣传电力设施保护、新能源电动汽车、智能家居等相关知识。

与此同时，在另一个地方，溱潼供电所12名工作人员全程驻守在应急电源车、各重要值守点，为活动进行保电，确保了活动的顺利进行。

由于本次活动用电涉及范围广、地点多、战线长，公司在接到通知后，第一时间召开保电启动会，成立了保电工作领导小组，提前制定落实各项保供电措施。

元旦前后，公司组织人员多次对活动涉及的线路进行特巡，对各用电保障点接入现场进行实地勘查。同时，根据主办方用电需求，公司为其量身定制接电方案、保电措施和应急预案。活动当天，公司还调用了一台500千伏安应急电源车作为主供电源，并提前做好接入、调试、应急演练等工作。本次保电工作，公司共计出动保障服务人次180多次，施放电线电缆2400多米，安装低压配电箱15台，电缆槽板170米，三相电源、单相电源插座110处。

长期以来，安全用电一直是全社会高度关注的问题。用电安全不仅关系到每个人的生命安全和财产安全，也关系到社会的和谐稳定。可是，安全用电说说容易，做起来就不那么容易了。因此,持之以恒地进行安全用电宣传,开展安全用电进社区活动就显得尤为重要。

2021年9月5日,一个普通的日子。这一天,"繁星花"共产党员服务队跟往常一样,贯彻"两在两同"建新功,开展"我为群众办实事"活动。了解到光明东村居住的孩子、老人较多,且老幼人群的安全意识相对薄弱,安全知识较为匮乏,他们就组织队员,进入小区宣传安全用电知识,排查家庭用电安全隐患。

活动当天,10名"繁星花"共产党员服务队队员分成两支小队,一支小队对该小区进行了用电安全隐患排查,集中消除居民家中存在的安全隐患,并重点对留守老人、孩童家中的用电线路、保护器、大功率用电设备进行检修维护;另一队在该小区的广场上支起了帐篷,向居民宣传安全用电常识,发放电力服务热线卡、居民节约用电指南等宣传单,详细介绍家庭用电的峰谷时段、收费政策等老百姓密切关心的内容。

在前期与社区对接时,"繁星花"共产党员服务队队员得知该小区有3位独居老人,担心老人在日常用电上存在安全隐患,当天上午队员们便对独居老人家中的漏电保护器、线路情况进行了细致的检查,并将老旧破损的绝缘线用绝缘胶带进行包裹。队员们查看了小区商店里的线路,当看到一个多功能插座上连接多个大功率电器用具,当即对商店老板详细讲解了家用多功能插座的使用注意事项;住户许大姐家中经常跳闸,严重影响小孙女的学习,见到"繁星花"队员进小区服务后,便上前询问求助,"繁星花"队员跟随许大姐上门检查后发现,原来是她家中的双极开关老化损坏，才导致了跳闸，这本不属于供电公司的抢修范畴，但为了第一时间解决群众用电问题，"繁星花"队员立刻去抢修车上拿出一个新的双极开关帮她换上……

繁忙的一天，队员们入户检查 28 户，帮助 12 户居民解决用电问题，查出 4 起用电安全隐患并全部进行了消缺，发放传单 230 余份。盘点这沉甸甸的成绩单，所有人的心里都很高兴。

紧接着，他们利用安全用电进社区活动的契机，帮助 541 户贫困家庭进行了室内线路的改造。

其实，早在 2020 年 5 月上旬，姜堰供电公司积极响应地方政府和泰州供电公司的号召，认真落实"特殊供养对象室内线路改造"专项行动部署，第一时间与当地民政部门联系沟通，以民政部门提供的特殊供养人群、低保户等人员名单为依据，挨家挨户现场调研走访，并根据困难群众的用电现状和改造需求，以经济、实用、易维护为原则，为他们量身定制改造方案，确保符合他们的生活习惯。

9 月 12 日，在姜堰区梁徐街道官野社区的五保户老人黄金喜家中，公司"繁星花"共产党员服务队队员在拆除存在安全隐患的老旧电线，更换新导线。当天上午，"繁星花"队员们共为该家庭更换 2 个插座、1 个漏电保护器，敷设 40 米的电线以及保护管。至此姜堰全区 541 户贫困家庭室内线路改造已全部完成。

63 岁的钱普生老人无妻子儿女，目前独居在一间老旧的砖瓦房内，由于家庭经济困难，一直没有改造家里杂乱并老化的用电线路。3名"繁星花"共产党员服务队队员检查了老人家室内电力线路的运行情况后，开始对屋子里的老化线路重新进行敷设，并更换漏电保护装置。看着整改后的线路，老人高兴地说："以前家里大门口、墙壁上的电线乱糟糟的，不但不美观，还担心出事故。现在好了，再也不怕了！"

（三）

在国家安全生产监督管理总局每年公布的全国企业生产安全事故中，涉电事故的比例是一个很高的数字。比如，事故发生率较高的煤矿生产企业，在矿井瓦斯爆炸、燃烧、坍塌等事故中，几乎都涉及用电安全问题。

在生产过程中安全用电、规范用电，积极保护电力设备，是企业生产安全的基本要求。2021年2月5日下午，"繁星花"共产党员安全宣教队走进姜堰城东停车场吊车集散地，开展电力设施保护安全宣教活动，动员广大特种车辆驾驶员遵守安全生产条例要求，科学、安全地生产，积极主动保护电力设施。

近年来，经济的高速发展带动城镇建设的快速发展，吊车、泵车、挖掘机等机械在建房、筑路、植树等活动中得到越来越广泛的运用，由于广大特殊车辆驾驶员缺乏电力设施保护知识，往往在电力线路通道内进行违章建房、线下植树、违章施工等活动，不仅严重影响了电力线路的安全运行，也给生产安全埋下隐患。

为预防、管控电力线路存在的外破隐患，确保大家过上一个祥和的牛年，"繁星花"队员们有针对性地组织开展了此次安全宣教活动。宣教活动以现场发放电力设施保护宣传资料、播放真实案例视频、面对面宣讲以及解答特种车辆驾驶员问题的方式进行。

活动中，安全宣教队员们首先利用视频给司机们播放了吊车、泵车施工过程中因操作疏忽大意，碰到高压电线而带来可怕后果的数个真实案例。其间，队员们对视频进行了讲解，提醒司机们在施工、驾驶时务必与电力线路保持安全距离。为了起到时时提醒时时警戒的效果，队员们为吊车更换了新的安全警示贴纸，并向吊车司机赠送了新春"福"字等小礼品。

经过"繁星花"队员们的宣传，特种车辆驾驶员对危及电力设施的行为、后果有了更深层次的认识，进一步提高了驾驶员们保护电力设施安全的意识和自觉性。为保护电力设施人人有责、营造用电和谐环境奠定了良好的基础。

姜堰溱湖风景区，素有"水乡明珠"之誉，是远近闻名的国家 AAAAA 级旅游风景区，园内候鸟成群、岛屿星罗棋布，优美的湿地生态风光与水乡民俗文化构成了溱湖湿地公园的独特景观。每年春节、元宵期间，景区人流密集，每天接待游客达 10 万人次。

为了确保节日期间旅游景区安全可靠供电，"繁星花"共产党员服务队的队员主动上门，深入景区内的每一块用电场所，全面检查景区内的供用电设施，认真细致检查用电设备、线路的安全状况，及时维修损坏的线路、设备；此外，"繁星花"队员们还走进景区周边的农家乐、商铺，帮助检修室内外线路，确保节日期间游客玩得舒适、住得开心。

除了对景区安全用电常查不懈、服务无止境以外，"繁星花"志愿者还做起了景区的义务导游、义务宣传员。

2021年3月4日，在全国学雷锋纪念日前夕，"繁星花"志愿者在姜堰区溱潼古镇旅游景区的入口处，设立文明旅游引导服务台，义务引导游客文明出游。

风光旖旎春正好，正是游怡时节。四面八方的游客们纷纷走进景区，踏青、赏花、看风景。溱潼地处江苏省里下河地区，四面环水，环境宜人。每年清明节这里都会举办壮观的"溱潼会船节"，篙船、划船、花船、贡船、拐妇船等在此绵延百平方公里，数万游客聚集于此，争睹这"天下第一会船"的盛况。溱潼有多处景点，其中包括院士旧居、山茶院、溱湖风景区、溱湖野生动物园等。

为了提高游客的旅游质量，"繁星花"志愿者放弃休息日，在景区必经路段开展便民服务，设立旅游咨询服务点，设置服务提示牌和游客休息点，向游客发放景区示意图，指引游客景区旅游线路；现场发放文明旅游倡议书，规范游客的不文明行为；宣传电力设施保护知识，提醒游客放风筝和钓鱼时要远离电力线路。

针对自驾游的驴友，志愿者们在重点路段疏导指挥车辆，在主要路口、路段引导游客，要求游客把车停到指定的地点，有序停放；组织志愿者到各个景点巡查，提醒广大游客不要乱扔垃圾，确保旅游景区干净整洁、秩序良好。

　　近年来，因为在高压线下或其他电力设施周边钓鱼而引发的安全事故时有发生。溱潼镇水系发达，水网密布，水库、鱼塘更是数不胜数。为切实防范因线下垂钓引发的意外触电事故，姜堰供电公司采取了一系列安全措施，公司"繁星花"共产党员服务队常年在事故易发地段巡检、宣传，保障钓友的安全。

　　秋风送爽，正是钓鱼爱好者喜欢的季节，也是钓鱼触电事故高发时期。2021年9月17日，公司配电运检中心、安监部再一次联合姜堰区公安局，在溱潼镇共同开展"钓鱼防触电　安全记心间"主题宣传活动。

　　活动当天，"繁星花"共产党员服务队重点对溱潼镇内的垂钓点、渔具店等区域进行宣传，向群众分发线下垂钓安全警示宣传单及《电力设施保护知识》，详细讲解在电力线路下垂钓的危险性。通过现场宣传，钓友们纷纷表示要把安全知识分享给其他钓友，在享受垂钓乐趣的同时，更要注重自己的人身安全。

　　"繁星花"共产党员服务队还对鱼塘水域附近的电力线路开展了拉网式排查，梳理鱼塘警示标牌类缺陷，并及时修复、加固、更换和增补警示标牌，确保鱼塘、水域边标识完好清晰，切实起到警示作用。

　　下一步，公司还将继续通过定点宣传、微信推广等形式加强宣传力度，让垂钓者、沿途群众真正了解到电力线路下垂钓的危险性，从源头上杜绝钓鱼触电事故的发生。

据统计,本次活动中共发放电力设施保护宣传单 700 余张,更换破损、褪色的鱼塘警示牌 67 块,新增鱼塘警示牌 43 块,发现并劝阻线下垂钓者 16 起。

垂钓可以导致电力安全事故,近年来,方兴未艾的私人无人机也是电力安全的一个新的潜在"爆点"。

2021 年 8 月 22 日 17 时 34 分,姜堰区罗塘街道林野区域传出"砰砰"两声爆响,一架喷洒农药的无人机撞上了 10 千伏华芯 123 线路,导致该条用户专线跳闸失电。华芯半导体科技有限公司是姜堰区的一家高科技企业,用户线路发生故障后,姜堰区政府主要领导高度重视,第一时间要求供电公司全力开展抢修工作。

18 时 12 分,姜堰供电公司巡视人员到达现场后,发现一架无人机卡在导线孤垂中心,且华芯 123 线、馨德 125 线、同开 114 线、越美 116 线是四回同杆,普通的抢修人员和设备无法开展有效抢修,需要带电作业车升到空中,才能取下无人机,而且四条线路必须同时停电。

面对这一难题,姜堰供电公司迅速调集带电作业人员及车辆,并与其他三条专线涉及企业协调停电抢修事宜。19 时 30 分,供电公司带电作业工作人员到达现场,确定抢修方案,迅速办理相关抢修手续,并申请 22 时 00 分停电实施抢修,在做好现场安全措施的前提下,抢修人员使用带电作业车取下无人机,受损线路恢复了正常供电。

"故障消除完毕,可以送电了!"

随着抢修人员的一声指令，8月22日晚22时45分，随着10千伏华芯专线开关合闸成功，华芯半导体科技有限公司恢复正常用电。公司董事长彭灵勇紧握姜堰供电所所长高玉祥的手说："真是太感谢你们了，你们就是及时雨啊！"

事后得知，"肇事无人机"是私人喷洒农药的专用无人机，当日在飞行过程中不慎碰撞到10千伏华芯123线路，引发了此次故障跳闸。故障造成无人机完全损毁，华芯半导体科技有限公司也因停电遭受了一定的经济损失。

在此，"繁星花"提醒广大用户：无人机在给大家生产、生活带来便利的同时，一定要安全驾驶，远离供电线路！

哪里有险情，哪里就有"繁星花"！

2021年10月12日下午5点10分，运检部接到居民的报修电话，得知姜堰陈庄路与溱湖大道十字路口发生一起交通事故，碰撞了20kV高压线。

险情就是命令，公司"繁星花"共产党员服务队立即组织服务队成员，启动事故应急方案。5点28分，运检部副主任潘凤军带人赶到事故现场，发现一辆由南向北的大货车，失控撞断路灯杆，撞击导致路灯杆卡在10kV御苑线与20kV福田线之间，并造成20kV福田线25#杆下导线耐张瓷瓶破损、10kV御苑线边导线支柱瓷瓶损坏、下方单相变熔丝具损坏，需立即停电抢修。

5点55分，运维班班长王进向调度提出口头停电申请，18名抢修人员，以最快的速度赶到现场，备齐抢修物资，同时潘凤军与姜堰区物业管理处进行沟通并告知故障抢修原因，防止引起不必要的恐慌和猜测。

6点05分，调度部门向抢修队伍下发了工作许可，抢修工作有条不紊地进行。

夜幕已悄悄降临，队员们顾不上吃饭，只想着尽快恢复供电……

经过1个多小时的抢修工作，7点25分抢修结束，7点40分恢复线路供电。

从事故发生到恢复送电，历时两个半小时，"繁星花"共产党员服务队圆满完成本次外力破坏抢修任务，有效地保证了电网安全运行，提高了配网供电可靠性及优质服务水平。

节约用电，珍惜能源，实现绿色环保和可持续发展，一直是国家大力提倡的生产生活方式。推动全社会节能提效是做好电力保供的有力支撑。姜堰供电公司在加强安全用电宣传的时候，因时制宜，把节约用电和绿色环保的理念有机融合在一起，推广给群众。

2021年10月20日上午，公司组织"繁星花"共产党员服务队走进姜堰区中天社区，开展"节约用电珍惜能源，绿色发展你我助力"主题宣传活动，为全区营造节约用电、绿色发展的浓厚氛围。

在社区广场，12名"繁星花"共产党员服务队队员通过设立展板、节约用电咨询台和发放节约用电倡议书、节约用电指南宣传手册等方式，用浅显易懂的语言向广大群众宣传节约用电知识，介绍节电小窍门，普及节能降碳发展理念和政策。

同时，"繁星花"队员们还走进居民家中，通过测量新旧、高低能耗设备电流、功率，用前后对比的方式，直观展示电量数据，调动群众主动参与节约用电的积极性。在购买及使用家用电器方面，合理引导居民选用节能电器，并提醒大家自觉养成出门随手关灯、关空调，及时拔掉充电完成设备的好习惯，进一步强化群众的节约用电意识。

宣传过程中，"繁星花"共产党员服务队队员李向荣接到江苏神王集团钢缆有限公司总经理助理蒋桂林的电话，反映由于近期该公司订单飞速增长，企业担心电力供应的紧张会对其生产造成影响。接完电话后，两名"繁星花"队员立即赶到现场，第一时间了解企业生产特点，并结合姜堰电网负荷特性，指导企业合理安排生产班次，错峰生产，同时优化该企业的用电实施方案，对利用率不高的电气、照明、空调等设备进行停用。

人类的不完美源于人的不完美。人，就其本身来说，高矮胖瘦只是生理的物理学表现，而痴愚顽傻和聋哑残疾等则是生理的不公平和命运的作弄。在姜堰，有两个地方非常特殊，一个是溱湖麻风病医院，另一个是特殊教育学校。这两个地方都是一般人闻之变色、退避三舍的地方，而这两个地方却是"繁星花"共产党员服务队倾情最多、播爱最多的地方。"繁星花"队员张卫东几十年如一日致力于溱湖麻风病医院的义务服务工作，大爱感天地、暖人心，被中宣部、国家文明办等部门授予"中国好人"的崇高荣誉。

麻风病是一个很多人都陌生的病种，人们也许从故事里听到过"麻风病"这三个字，但也仅等同于恐怖和灾难的宣传。喜欢文学的朋友一听到麻风病，很容易联想到《简·爱》里那个恐怖的幽灵，以及那把烧毁罗彻斯特庄园的大火。早期的英美文学描写里，对麻风病的描写无异于描写一场人类的灾难，而麻风病患者不仅如幽灵一样恐怖、残缺不全，而且是一群被人类抛弃了的生活在人世边缘的可怜的人。

我对麻风病以及溧湖麻风病医院的印象，则来自于一位中国作家的描写，那是几十年前的事情了——在作家的笔下，有一个与大陆隔绝的水上孤岛叫秦屿，秦屿不在外国外省，而是属于中国南方某市某区某镇。孤岛上有一座古堡，古堡有一个好听的名字叫极乐园，极乐园里有一群被世界遗忘的麻风患者。

晚霞染红天边水面的时候，正是鹈鹕、鲣鸟、军舰鸟们经过一天的奔忙，掠过壮丽的水天飞回岛上的时候。它们成群结队、密密匝匝、铺天盖地从空中俯瞰着秦屿和极乐园，发出"啊！啊！啊"的赞叹，那声音响遏行云。而此时，岛上麻风病医院里的病患们，也一个个伸长了脖子望着天空，望着那自由自在、威武雄壮的鸟阵发出的感叹——那声音并不优美，有的尖厉："咦——咦——"；有的低沉："呜——呜——"；有的粗放："嗷——嗷——"；有的狂暴："啊——啊——"……

很多年前，当我从霍达先生的小说《未穿的红嫁衣》里面第一次读到对麻风病医院"极乐园"的描写的时候，我是震惊的。多年之后，当我了解了姜堰"繁星花"队员们，尤其是"中国好人"张卫东常年奔忙服务于溱湖麻风病医院的事迹的时候，我更加震惊！

震惊过后，是佩服、钦敬！然后是被他和他们的大爱所感动！

张卫东的事迹我们稍后会专门介绍。我们先来看一看"繁星花"队员们服务溱湖麻风病医院的报道吧！为了真实、可信、原汁原味，我们不妨原文照录《繁星花》融媒体的报道原文。

（原报道没有写具体年份，经本文作者考证、走访，该报道中的"今年"应为 2020 年——本文作者注。）

8 月 25 日上午，在姜堰区溱潼镇麻风病医院内，12 名"繁星花"共产党员服务队队员正在为该院电气化厨房改造施放 400 伏电缆。这是"繁星花"共产党员服务队开展"我为群众办实事"实践活动，倾情服务溱潼镇麻风病医院电气化厨房改造的一个缩影。

今年 3 月 5 日，公司溱潼供电所 6 名"繁星花"共产党员服务队队员走进溱潼镇麻风病医院开展"志愿服务学雷锋"专题活动。在服务过程中，该院院长向服务队队员倾诉道："医院由于建设时间较早，电气配套设施已明显老旧，病区内的线路也已无法满足用电需求。医院的食堂一直使用明火做饭，不方便之余，不仅对环境有污染，而且存在较大的安全隐患，是否能够帮忙解决这些问题。"

想群众之所想、急群众之所急、解群众之所困，服务队队员立即向上级部门汇报了这一情况。公司高度重视、层层落实，并借此机会大力推广高效、绿色、节能的电气化厨房，迅速组织相关部门到溱潼镇麻风病医院进行现场查勘，综合医院实地情况、院方意见，为医院量身定制变压器增容、低压线路、厨房内部线路改造方案，并给出电气化厨房配套用具的采购建议，预计可为医院节省成本2万余元。

今年4月以来，溱潼供电所、麻风病医院、施工单位多方联动，经过3次现场共同商讨后，决定先架设低压线路1000米，在挖掘电缆沟的同时安装低压配电柜、分支箱各3台，施放400伏电缆600米，将医院外部200千伏安变压器增容至400千伏安变压器，最后更换医院内部老旧漏电保护器80台，并安装电气化厨房配套设施。截至目前，该工程已接近尾声，预计8月底，麻风病医院的电气化厨房将正式投入使用。

本公司员工、"繁星花"队员、"中国好人"张卫东，服务溱潼镇麻风病医院41年。现在他退休了，我们会继续将他的精神传承下去，替他守护好麻风病医院的用电安全。

为群众办实事、做好事，把特别的爱奉献给特别的你，这是繁星大爱的光芒。2020年6月24日，10名"繁星花"共产党员服务队队员走进泰州市姜堰区特殊教育学校，为77名特殊儿童送上一份特别的爱。

"不要用手、铅笔芯、金属等东西去拨弄开关，也不要把它们插到插座孔里，这样可能会触电的哦……"当天上午 9 时许，在特殊教育学校汇报厅内，"繁星花"队员生小康正在利用精心制作的安全用电知识 PPT，向全校师生讲解暑期安全用电小知识，并结合儿童日常用电可能出现的问题，用通俗易懂的语言、安全用电的典型案例，给他们普及安全用电常识，传播安全用电理念，学会安全用电和自我防护。

安全用电微课堂结束后，"繁星花"共产党员服务队队员们对学校的用电线路进行了全面的"体检"，对教学楼、食堂、宿舍等区域的用电设备进行了检修，并将学校刚购买的空调进行了排线安装，确保该校师生暑期安全用电有保障。

泰州市姜堰区特殊教育学校是姜堰区唯一一所特殊教育学校，于 1998 年秋创办，至今已有 23 个年头，目前学校内共有 77 名学生。2021 年 5 月，公司"繁星花"前往姜堰区特殊教育学校，开展"我为群众办实事"走访调研，了解到目前学校在用电方面和学生生活方面的困难。公司党委发起了扶困助残爱心捐款倡议，并得到了公司广大干部职工的积极响应和大力支持，短短 4 天的时间，共计收到爱心捐款 31310 元。这些善款捐赠到特殊教育学校的时候，师生们都非常感动，学校副校长李得寅在捐赠仪式上说："对这些特殊的孩子来说，掌握一些安全用电知识和技能，对他们的生活非常重要。非常感谢供电公司送来的安全课堂和爱心善款，这笔善款对我们学校的学生来说，不仅是物质上的帮助，更重要的是精神上的鼓舞！"

慈善，是社会文明的温度计，计量着人心的温度，爱和慈悲的温度，也计量着一个社会的文明程度。为了帮助更多陷于困境的人，姜堰供电公司成立了"繁星花"共产党员服务队爱心基金，用爱心基金的温度去温暖社会，服务社会。

10月22日，"繁星花"共产党员服务队爱心基金成立仪式在泰州营销农电实训基地举行。

启动仪式上，"繁星花"共产党员服务队队长宣读了"繁星花"共产党员服务队爱心基金管理办法，并向在场人员发出了爱心倡议。倡议发出后，现场48名"繁星花"共产党员服务队队员积极响应，纷纷慷慨解囊，奉献爱心。启动仪式当天共计收到捐款6050元。

"繁星花"共产党员服务队自2011年成立以来，积极履行社会责任，常年走进一线，为学校、企业、社区、乡村开展各类公益活动，帮扶困难群众、助力企业发展、传递社会温暖。为使得慈善的力量更加壮大，受助的群体更加广泛，"繁星花"共产党员服务队爱心基金将汇聚公司各级荣誉所得和广大干部员工自发捐赠的善款，专项用于扶弱济困、救助灾害以及"我为群众办实事"志愿服务等活动中所产生的费用支出。同时，公司将定期公布善款募集情况，跟踪资金使用，确保善款用到实处，为建设"强富美高"新姜堰做出更大的贡献。

这是心的呼唤，这是爱的奉献。这是人间的春风，这是生命的源泉。春夏秋冬，你目光所及繁星花花开的地方，都有"繁星花"爱的春风轻拂；昼夜轮换，你仰脸看见天上星光闪烁的时候，都有"繁星花"爱的光芒普照人间。他们，是繁星，是花朵，但从来都拒绝平凡。

第三章　服务产业　义不容辞

（一）

一个国家，一个民族，最重要的竞争力是什么？是工业化。工业化是一个国家综合能力的体现，是教育、科技、人文、产业政策、制度配套等能力的集中体现。一个国家有一门或者几门工业出类拔萃，这是完全可能的。但要做到工业门类齐全，生产能力卓绝，整个国家彻底实现了工业化，那是很不容易的。环顾全球，200 多个国家，只有 20 多个国家实现了工业化。

什么是工业化呢？简单地说工业化就是现代化。以工业化为前提，实现了国家的农业、科技、军事等领域的全面现代化，这是人类从 18 世纪到今天为止的全部历史概要。直到今天，全球也只有十分之一的国家做到了全面的现代化（工业化）。而在这十分之一的国家中，中国是一个工业门类齐全、生产能力和生产条件配套完整的国家。

工业化的基本条件当然是科技进步，而工业化的基本物质条件，就是水、电、交通、人力资源、资金投入等生产要素。过去人们常说："要想富，先修路。"这是省略了或者隐含着电力供应正常这个基本条件的。几十年前的中学地理教材讲"煤炭是工业的血液"，因为煤炭提供了基本的热能、动能。十几年前的媒体语言已然变更为"石油是工业的血液"。因为现代工业和现代化的生活，最基础的能源是石油。而以后很长一段时间，作为工业动力支柱的只能是电力。遍布于大江南北，矗立在崇山峻岭的输电塔就是一个证明。今天，无论是在最偏远的农村，还是在最繁华的城市，最美丽的风景必然是与电力有关的风景。城市里的声光霓幻，车水马龙；农村里的万家灯火，线塔穿梭，都默默勾勒出建立在电力基础上的最美中国的现代化风景。工业水平和工业产值位居全国前列的江苏省以及姜堰市，其电力发展水平和使用率同样位居全国前列。

全力支持产业发展，无缝对接服务产业发展，这是姜堰供电公司一贯的理念，也是姜堰"繁星花"长期默默奉献的目标。是姜堰电力为姜堰人民和姜堰现代化做出的彪炳史册的历史贡献。

在姜堰电力公司的内刊《繁星花》上，我读到了一则通讯，写的是"繁星花"为姜堰"智谷"软件园建设保驾护航的事情。姜堰"智谷"软件园是姜堰政府 2015 年的重大工程项目之一，为积极协调推进该项目供电配套设施的建设，公司"繁星花"共产党员服务队主动对接建设工程指挥部办公室，并与指挥部办公室计划部、工程部、土建设计等相关单位及部门，建立了月度协调推进机制，搭建配套工程协调推进平台，为园区提供精准、高效、个性化的现场特色服务，为姜堰"智谷"软件园建设保驾护航。

在服务"智谷"软件园工作中，公司随时了解客户需求，用心提供超值服务。"繁星花"服务队主动深入园区，不定期掌握服务对象情况，确定服务项目，做好服务分工，细化服务内容，落实到人，实施有效对接，提高党员服务的针对性和实效性。相互协作，各方联动，共创高效团队。

"繁星花"服务队主动跨前一步，集中整合供电公司规划、运检、营销、集体等各部门各专业优势资源，充分发挥各专业业务优势，制订行动方案。主动沟通协调，进一步提高工作效率。对接姜堰区政府主管部门、项目单位、设计单位，及时掌握项目进展情况和报装过程中的各环节问题，并进行现场答疑，提供有效的推动措施，确保"智谷"软件园供电配套工程按期推进。

按指挥部要求，2015年10月底前，园区内一期行政大楼、培训基地、专家宿舍楼等项目急需完成供电配套，"繁星花"服务队了解到该情况后，多次前往"智谷"软件园，协助软件园建设团队，针对急需送电项目的内外部进度、遇到的问题和后期接入工程实施可能遇到的困难等，进行了重点分析，制定了详细的解决措施和推进节点，并对供电需求、接电计划、进展程序、工程施工等进行逐项核实、解答和讨论，力争将问题和困难消除在现场，进一步提高了项目推进的工作效率，并按期完成了"智谷"软件园供配电工程，获得了"智谷"软件园建设工程指挥部及政府的一致好评。

2021年10月22日17时50分，姜堰"智谷"软件园1#开闭所及1#配电房一次性送电成功，标志着"智谷"软件园供配电工程圆满完成。

　　姜堰"智谷"软件园的电力服务只是其中一个最平常的例子。姜堰区现代科技产业园的电力建设和服务，也能体现出电力公司和"繁星花"共产党员服务队队员助力产业发展的积极态度，体现出他们为姜堰经济社会的发展立下的汗马功劳。

　　姜堰区现代科技产业园始建于 1998 年，2013 年 4 月经姜堰区委区政府批准成立，是姜堰区三大重点园区之一，入驻企业 400 多家，其中规模以上企业 71 家，高新技术企业 11 家，用电量极大。

　　2021 年 3 月 20 日 11 时 50 分，随着 110 千伏前林变电站内高压开关的合闸，直供姜堰区现代科技产业园区的 2 条 10 千伏线路送电结束，顺利完成投运。本次建成投运的城南 145 线路，工业 131 线路为园区内新入驻在建企业供电，共架设导线 10 千米，新放电缆 4 千米，新增自动化环网柜 4 台。至此，现代科技产业园区内 10 千伏高压配电线路已达到 10 条，园区整体供电能力提升约 20%。

　　前期，供电公司根据园区的用电需求，精心组织，主动安排专人对接现代产业园区相关负责人，并结合园区的整体布局规划，做好项目的前期规划和项目上报立项工作。2020 年底项目开始进场施工，春节前后，区供电公司克服低温恶劣天气、春节保供电期间负荷增速快、人员紧缺等困难，经过近 3 个月的施工圆满完成全部工程。

　　下一步，区供电公司将继续关注现代科技产业园区内的用电情况，全力配合园区的布局规划，为园区的经济发展提供更有力的电力保障。

4月1日上午，在江苏华夏瑞泰医疗器械有限公司厂区门前，公司负责人夏永兵激动地拉着"繁星花"共产党员服务队队员仲景的手说：

"这下子我们可以开足马力全速生产了，你们供电公司的服务真是太棒了，可是解决了我们的燃眉之急呀！"

江苏华夏瑞泰是一家专业生产核酸采样试纸和一次性使用采样器等防疫检测物资的医疗器械公司，产品销往全国各地。当前，全国各地疫情形势严峻，采样耗材用量巨大，该公司订单量剧增并且紧急，新开辟了十几条生产线，原有的用电容量明显不足，亟须增容。公司负责人夏永兵通过"电子防疫卡"，立即联系到了"繁星花"供电服务专员仲景。仲景了解相关情况后，一边指导客户通过"网上国网"APP申请厂区高压500千伏安用电增容，一边召集各方赶赴现场进行查勘。在详细了解企业新增生产设备容量、工艺、布置等情况后，他当即选择了最近的电源接入点，与在场人员现场敲定了内部供电方案。

由于本次增容涉及两个厂区，距离远、工程量较大，服务专员仲景放弃休息时间，与设计、施工人员一道，采用协同合作、现场办公的模式，图纸边审边改，施工、验收、整改同步进行等方式，大幅缩短了各环节时间节点。整个增容工程最终于3月

31 日凌晨完成竣工，4 月 1 日早晨圆满完成送电工作，此时距离客户申请仅 5 个工作日的时间。

增容后，该企业日产量可由原来的 1000 万支提高到 2000 万支，这将对抗疫战"疫"起到雪中送炭的作用。

学过《政治经济学》的都知道，产业是分梯级的，产业的第一级是农业，第二级才是工业。现代农业是建立在现代工业基础上的农业，作为产业命脉的电力供应，自然包含着供应和服务农业，为农业现代化、产业化服务，为姜堰的乡村振兴赋能。这是姜堰电力和"繁星花"的使命，也是他们的光荣和梦想。

初冬的早晨，寒风阵阵，冷意浓浓。在溱潼镇洲南村的草莓大棚里，却暖意融融，绿肥白瘦。一垄垄草莓苗长势喜人，层层叠叠的绿叶中点缀着朵朵洁白的小花，一眼望去，春意涌动，心旷神怡。

"草莓马上就要上市了，有了你们的贴心服务，2021 年肯定又是一个丰收年。"草莓种植户周忠林喜笑颜开，对上门服务的"繁星花"共产党员服务队队员说。

无论是大棚蔬菜、水果的培育，还是鱼蟹虾米、家畜家禽的养殖，均离不开稳定可靠的电力保障。随着冬季的到来，养殖户逐渐增加增氧机、加温器等大功率电器的使用频次，养殖区域用电负荷激增；部分种植户私拉乱接，加上大棚内潮湿的环境，导致安全用电得不到保证。针对这种情况，公司"繁星花"共产党员服务队积极开展上门服务，为种植户、养殖户检查漏电保护器、刀闸、潜水泵及大棚内线路等用电设施，向他们提出合理的整改建议和注意事项，并助其消除安全隐患。

"冬季草莓大棚湿度大，你这个插座不能这样接，这样很不安全，我们帮你重新接好并固定好，你以后用电有需求就打电话给我们，我们会第一时间过来帮你解决，你自己不能私拉乱接。"2021年12月9日，"繁星花"共产党员服务队队员在上门走访服务种植户时温馨提醒道。

近年来，随着国家乡村振兴战略加快实施，姜堰辖区内特色种植、绿色养殖、乡村旅游等产业均蓬勃发展，用电负荷也不断攀升，公司紧密结合姜堰区乡村振兴发展规划，扎扎实实开展"我为群众办实事"活动。

桥头香菇产业园、白米扶贫产业大安村芦笋种植基地、张甸火龙果种植园、俞垛、淤溪各水产、家禽养殖园、沈高河横大米种植基地……"繁星花"共产党员服务队的身影常年活跃在为民服务的一线，将贴心的"保姆式"服务送上门，实现供电服务"零距离"，用心用情描绘乡村振兴的美丽画卷。

2021年9月11日，姜堰供电公司"繁星花"共产党员服务队来到桥头香菇产业园，进行业扩新增实地查勘。

桥头香菇产业园占地1500亩，年生产香菇8000吨，年销售收入将近1亿元，是目前江苏省最大的香菇生产基地，曾被选为2018年国家食用菌标准化生产示范基地，该基地出产的"苏福"香菇被评为江苏省名特优农产品。

据了解，该产业园近期将继续开发100亩香菇生产用地，为提高香菇品质与经济效益，该基地通过技术改良，将播种时间提前至每年 7 月，由于夏季高温天气生产时需要保持恒温恒湿，因此空调用电负荷激增，周边公用变压器超重载情况突出。

得知这一情况后，姜堰供电公司主动上门服务，与桥头村支部书记、香菇协会会长陈余红对接，了解香菇基地用电需求，经过查勘，确定了初步的供电方案，新上 400 千伏安配变两台，新架 10 千伏线路 0.4 千米，立 15 米电杆 10 支。因香菇园基地道路扩建，将迁移 400 伏电杆 6 支，为让路迁移的 5 户菇农提供接户线配电箱安装。

近年来，为了让广大农户享受到安全、优质的供电服务，姜堰供电公司组织"繁星花"共产党员服务队队员主动服务，为各种植户做好电力设施配套工作，积极改善供电环境，尽快满足种植户的用电需求，确保农业生产用电正常；同时，队员们还向种植户们开展安全用电知识宣传和用电指导，加强与种植户的交流，了解用电情况，帮助解决种植管理中遇到的用电难题，保障农业用电需求。

暖心服务，悉心周到。助力农民秋收秋种，也是"繁星花"服务队数年坚持做下来的事情。

"周师傅，在收割稻子时您可得多注意，千万不要碰到稻田边的电杆和拉线，否则不但影响农户秋收用电，也影响您收割的进度……"2021 年 10 月 27 日，公司"繁星花"共产党员服务队队员来到开发区小杨村，对将要开始田间作业的收割机操作手进行安全提醒。

眼下，正值秋收的农忙时节，收割机、耕地机、播种机等各种农业机械已相继进入农田作业。农业机械可以提高秋收效率，但有时也会由于操作不当，导致布设在田间的电力线路受损。农机作业碰线事故一旦发生，不仅影响当地农户正常生产生活用电，还会威胁电网和人身的安全。

为避免此类事故的发生，提高群众安全用电意识，做好秋收保电工作。连日来，"繁星花"共产党员服务队对农村高低压线路和供电设备进行了仔细排查，重点检查并消除了线路拉线、线路弧垂等影响秋收作业的安全隐患。针对田间地头易发生误碰的电杆，"繁星花"队员们对其加装防护标识以及拉线护套，为它们亮明"身份"引人注目。

在秋收忙碌时段，"繁星花"共产党员服务队加大安全用电进乡村田野的宣传力度，队员们向田间劳作的农户发放电力设施保护条例、电力服务热线卡、农村安全用电知识等宣传单，并深入各村张贴宣传挂图，充分利用宣传页、社区广播等方式，广泛宣传安全用电知识。"繁星花"队员们还将台区经理联系卡贴在居民家门口的表计上，方便群众在用电遇到困难时及时联系电力职工。

2021年10月以来，"繁星花"共产党员服务队已消除线路安全隐患29处，修补及更换防护标识72处，安装拉线警示套管68根，解决群众用电难题20余起，发放安全用电宣传材料600余份。

下一步，"繁星花"共产党员服务队将持续定期开展农忙重点区域巡视以及宣传工作，将电力线路意外损坏风险降到最低，为供电线路的稳定运行和广大农户在农忙时节用上安全电、舒心电奠定坚实的基础。

（二）

"雷霆出击、昼夜抢修、彰显铁军本色；抢险救灾、保障供电、释放为民情怀。"这是双登集团股份有限公司对供电铁军——姜堰供电公司的赞扬。2021年6月1日上午，双登集团股份有限公司党委书记王兆斌、副总经理钱友网一行4人来到区供电公司，将一面红底金字的锦旗赠送到区供电公司总经理姚维俊手上。锦旗上绣的，正是这两句话。

2021年5月15日，无情的雷电击中了专供双登企业用电的35千伏陆双线电缆终端塔A相电缆头，直接导致双登铅酸产品线全部失电。如果不能及时恢复供电，双登企业将遭受上百万元的损失。

得知这一消息，区供电公司立即启动恶劣天气保供电应急预案，一边与双登集团股份有限公司进行对接，一边迅速组织配电、试验等专业抢修人员现场号脉诊断、分析故障，一边协调各方力量，准备抢修物资，迅速组织抢修施工。经过抢修人员4个多小时的连夜冒雨抢修，最终于次日凌晨为该企业专供线路恢复供电。

双登集团股份有限公司党委书记王兆斌在给姜堰供电公司送锦旗的时候，动情地说："感谢供电公司的全力援助！你们为我们企业解决了燃眉之急，帮助我们将损失降到最低。我们代表公司全体人员感谢供电公司……"

　　彰显供电铁军本色，担当电力国企使命，牢记初心，践行使命，为企业生产保电护航，这是姜堰电力的使命，也是他们获得广泛赞誉的地方。类似于双登集团股份有限公司为姜堰电力送锦旗的感人事迹，在电力公司干部职工的眼里不敢说司空见惯，说常见常新倒是一点也不夸张。这不，又来了一家——

　　8月17日下午，江苏神王集团钢缆有限公司总经理黄玮颉一行4人，将一面"无私奉献　服务一流"的锦旗以及一封感谢信送到姜堰供电公司，感谢供电公司冒雨组织抢修力量，帮助企业解决了用电难题。

　　7月27日15时，江苏神王集团钢缆有限公司高压进线电缆突发单相接地故障，导致全厂停电。面对这样的紧急故障，江苏神王集团钢缆有限公司董事长助理蒋桂林想起了之前收到的姜堰供电公司的"电子防疫服务卡"，他立即联系了服务专员仲景，告知了厂内失电情况。

　　服务专员仲景接到客户电话后，详细对故障情况进行询问，预判分析抢修所需物资及现场施工力量。随后，姜堰供电公司多方联动，迅速协调组织抢修队伍，从申请停电操作到故障处理，一气呵成。在确保安全的前提下，稳步、快速地推进抢修进度。最终于当晚8时完成了所有抢修工作，厂内设备重新恢复供电。

　　"电子防疫服务卡"的发放，是姜堰供电公司贯彻省市公司疫情防控期间供电服务工作部署，深入开展"品质升级"行动的一项重要举措。

"电子防疫服务卡"上，有用户的服务专员姓名、电话号码等个人信息。当有紧急需求时，用户可直接联系服务专员，便于姜堰供电公司第一时间掌握信息，大幅缩减流转环节，为后续处理工作争取宝贵时间。

疫情发生以来，姜堰供电公司不断优化完善供电服务方式，积极推行线上办电，持续提供及时高效的抢修服务，共接待重点用户 42 人次，受理、办理业务 53 件。

再来看一个电力铁军抢险救灾的故事吧！

2021 年 7 月 15 日 15 时 55 分，特大龙卷风突袭姜堰，40 余支电杆断裂倒塌，上千户居民用户家中失电。

灾情就是命令，抢险就是使命。

灾情发生之后，"繁星花"党员突击队雷霆出击，快速行动，昼夜施工，连续作战，全力打响抗险抢修攻坚战，让党旗在抗险抢修的主战场高高飘扬。

特大龙卷风突袭姜堰俞垛、淤溪两个乡镇，造成 6 条 10 千伏线路倒杆跳闸、185 台公用配变、97 台用户专变失电。企业生产、居民用电牵动着全体"繁星花"共产党员服务队队员的心。得知险情后，"繁星花"共产党员服务队队员立即集结，组成 5 支党员突击队，迅速开展抢修物资筹备、抢修方案制订、抢修工作对接、抢修矛盾协调等工作。短短 1 个小时，百名"繁星花"共产党员服务队队员、18 台抢修车辆、12 台吊车、6 台大型应急照明灯、14 车抢修物资就火速抵达受灾地点。

　　抗险抢修过程中，"繁星花"共产党员突击队队员始终冲在故障清理的第一线，走在立杆架线的最前头，攻坚克难抢进度、争分夺秒赶时间。面对清除倒杆、清理路面、立杆架线的繁重抢修任务，全体突击队队员夜以继日坚守抢修一线、奋战施工现场，面对三伏高温的恶劣天气，突击队队员顶着高温登电杆作业，只为点亮万家灯火。经过 21 小时的紧张施工和全体"繁星花"共产党员突击队队员的日夜奋斗，截至 7 月 16 日 14 时 40 分，两个受灾乡镇的 6 条 10 千伏线路、185 台公用配变、97 台用户专变全部恢复供电。

　　走在抗险抢修最前头的始终是各级党员干部，他们以身作则，既当"指挥员"又当"战斗员"，带领突击队队员迎难而上、共克时艰，以不怕累、不怕苦、不怕脏的战斗精神投入抗险抢修工作当中。"我年纪轻，身体好，抢修工作我第一个上。"面对急难险重任务，年轻党员马筱亮主动请缨。"我虽然岁数大一点，但我安全生产工作经验足，抗险抢修我当仁不让。"老党员张立志和年轻人一样，连续奋战在抢修一线……无数撼人心魄、感人肺腑的场面，构成了"繁星花"共产党员突击队队员抗险抢修的动人画卷，他们用实际行动在抗险抢修一线诠释着共产党员的初心和使命。

　　为市政工程"让道"，对线路进行改迁是生活中常常看到的事情。也许在以往，当你走过这些汗流浃背的人身边，或者望一眼这些因"临时施工，敬请绕道"的工地时，你所有的感觉就是"怎么又施工了"或者"真讨厌，又堵了"之类的不愉快，你是否想到，此刻那些挥汗如雨的人是在为谁而忙碌？为谁而奋不顾身？

亲爱的朋友，如果你能读到这篇文章，请你在了解了这一群默默奉献的布尔什维克以后，了解了姜堰电力这一群与众不同的"繁星花"之后，你能有所触动，有所理解。你能改变对所有"临时施工、敬请绕道"的工人们的态度和看法。他们，才是为我的幸福生活保驾护航的人！他们，才是我们这个时代最可爱的人！

姜沈公路是姜堰城区到沈高镇的交通要道。由于该道路车流量大，亟待拓宽，通过对全线近 10 公里的道路进行拓宽，以缓解目前的交通拥堵。

为配合姜沈公路拓宽工程，姜堰供电公司积极开展前期调研、准备工作，主动与区交通局、沈高镇多方商讨，决定对两侧 8 公里的线路实施整体移杆。施工前，供电公司多次组织人员到场勘察，确定施工方案，并与沈高供电所积极协调线路等问题，为有序推进改迁工程的开展打下基础。

4 月 13 日 7 时许，姜堰供电公司组织 80 多名施工人员，对该镇 10 千伏官庄 228、夏朱 115 等线路进行停电施工作业，为姜沈公路道路拓宽改造和亮化工程实施"让道"。截至当天 14 时 30 分，共完成双回 11 档线路的迁移改造，新立钢管杆 5 基，18 米电杆 2 基，迁移配电变压器 2 台，迁移用户开关和电缆 4 处。

为避免大面积停电施工给周边居民用电带来影响，公司采用分段停电、分段实施的策略。另外，在施工期间保留原有供电线路，等到停电时再割接至新线路进行送电，避免重复停电，缩短停电时长。同时，区供电公司制定了严密的施工流程及相应的安全措施，在确保工程安全质量的前提下，全力加快工程施工进度，以尽量减少施工对居民正常生活及道路通行的影响。

353省道是横穿姜堰北部乡镇的主干道路，穿越娄庄、沈高、溱潼、俞垛等乡镇。该项目是2020年度姜堰区交通重点工程，可加强姜堰北部地区与周边市县的互联互通，在促进地方经济社会发展方面发挥重要的作用。

8月18日4时30分，姜堰供电公司43名施工人员来到沈高镇双星村施工现场，对353省道扩建红线范围内的10千伏113美星线20余档线路进行迁移，确保按时完成迁改任务，为353省道的建设让出通道。

上午8时许，室外气温已经飙升至36摄氏度左右，施工人员依旧顶着烈日在杆上挥汗如雨，紧密施工。截至中午12时，涉及沈高段的10千伏线路迁改已全部完成，并恢复正常供电。

在施工现场，我们采访了项目负责人汤伟。他说："自2019年接到迁改任务后，区供电公司多次组织施工人员到现场勘查，制订施工计划。目前所有的土建工作已经完成，电气施工根据停电计划有序推进，已完成俞垛、溱潼等部分迁改任务，余下部分预计将于9月份完工。"

"在施工中，为避免中午时段高温天气停电对用户生产生活带来不便，区供电公司优化停电方案，采用先停分支开关再结合带电作业拆、搭跳线的施工作业方案，最大限度降低停电对用户的影响。"

在新闻中，我们常常看到某某政府重点工程竣工庆典的场面。荧屏前，也许我们能看到、想到参与工程建设的基建工人。可是，我们能否想到，还有很多很多我们看不到的人、想不到的事，在为这场竣工庆典默默付出？譬如，很多电力工作者。

姜堰区淮海路、人民路道路改造项目是 2020 年姜堰区政府重点工程之一，该路段为姜堰城北的主干道，由于使用年限过长已经出现路面坑坑洼洼，影响整体美观且有交通安全隐患，需要重新进行改造，而周边涉及的线路和电杆需要拆移入地改造。

为贯彻落实区委区政府工作要求，高质量完成道路改造任务，区供电公司领导高度重视，多次召开专题讨论会，研究部署迁改事宜，公司运检部、新光公司及施工单位，多次组织联合查勘，现场商讨制订迁改方案，确定迁改进度计划安排。结合今年电网"迎峰度冬"用电形势，区供电公司决定开展"一停多检"，在配合政府对淮海路所涉及的线路进行改迁的同时，对"迎峰度冬"相关配网线路进行改造，消除安全隐患，提高供电可靠性。

2021 年 11 月 30 日上午，在姜堰区人民北路和鸡鸣东路的交叉口，区供电公司组织施工队伍，对该段最后一处电缆井进行支模和浇筑作业。今天是他们连续奋战的第 92 个工作日。

　　自7月份接到区住建局牵头的任务后，区供电公司组织人员从物资采购、材料备货、队伍安排、施工方案编制等环节提前谋划，精心准备，提前对接好政策处理协调后立即进场施工，并跟沿线管道单位互相配合，确保工程顺利推进。在施工过程中严格管控施工质量和安全，主业牵头监理全程旁站，设备运维方参与工程中间验收。

　　近3个月来，区供电公司共组织施工人员1236人次，吊车78台班，全速推进电力线路迁改入地工作。目前该工程已完成13米钢管杆2支、电缆管道1392米、新建10千伏环网柜基础4座、电缆井37座，电气进入施工准备，计划施放1.8公里电缆，安装2台环网柜、1台箱变。目前该工程已进入收官阶段，预计12月上旬全面竣工。

　　随着城市建设步伐的加快，人民群众生活水平的提高，用户对供电可靠性和不间断供电的要求越来越高。为进一步提升人民用电幸福感，2019年12月，姜堰供电公司成立了不停电作业中心。中心配备5名作业人员，经过将近1年的学习、培训、实训，4名作业人员取得配网不停电作业"简单项目"证书，并于2020年11月18日成功通过泰州供电公司验收，取得自主带电作业资格。

　　2020年12月3日上午，区供电公司运检部带电作业班在上级专业部门的指导下，首次开展了带电作业操作。让我们跟随作业班一起去瞧瞧吧：

近期，城区荷叶路附近群众反映，荷叶路路灯不是很亮。区供电公司得知后立即安排荷叶路变压器增容改造项目。为不影响片区人民正常生活用电，12 月 3 日上午，带电作业班全体人员来到 10 千伏南苑 165 线荷叶路分支线 06#杆，进行现场作业。工作人员严格按照作业步骤，开展现场安全措施布置、绝缘斗臂车停放检查，工器具及材料核查等准备工作。

一切准备就绪后，带电作业人员穿戴好绝缘防护用具，随着作业车缓缓升向高空，通过绝缘斗臂车进入工位，按流程依次进行线路验电、设备运行状况检查、安装设备状况检查、绝缘遮蔽安装、引线搭接固定、作业后检查、绝缘遮蔽拆除等一系列操作。

经过 1 个多小时紧张有序的作业，绝缘斗臂车缓缓退出带电作业工位，首次带电作业取得圆满成功。

带电作业是保证电网安全经济运行、提高供电可靠性必不可少的一项技术措施，大大减少了停电次数，缩短了停电时间，为实现优质、方便、快捷、高效的供电服务提供了坚强保障。

在处置国家重点建设工程星夜施工追赶工期的状况时，供电企业必须按"加速键"。可是，"加速键"的按下并不是一个简单的决定，它的背后有着复杂的程序和烦琐的劳动——娄庄、白米两镇是姜堰地区的工业重镇，近年来，这两个地方经济发展迅猛，电网建设保障供电需求逐日递增。为满足白米、洪林、娄庄等地区的经济发展用电需求，优化地区电网结构，提高区域供电可靠性，姜堰供电公司实施220千伏高庄变至110千伏白米变改接至220千伏沈星变线路工程，涉及架空线路长度2×7.7千米，电缆线路长度2×230米，为110千伏洪林变和110千伏白米变提供两路不同电源点的进线。

工程规模不大，难度却不小。汇集了跨越宁启铁路、通扬运河，穿越启扬高速、迁改35千伏及10千伏两处线路，跨越民房及原35千伏娄庄变等众多复杂因素。为了不影响铁路系统运营，姜堰供电公司多次与铁路部门沟通协商，最终确定在12月14日至17日，每晚23时30分至凌晨2时进行施工作业。

12月14日23时30分，姜堰白米改接沈星变电站110千伏线路工程T14—T15耐张段跨越宁启铁路架线。在施工现场，我们看到宁启铁路K172+260段铁道两侧，姜堰供电公司组织80余名施工人员正在有条不紊地开展施工前的各项准备工作，在现场定点分设的多台应急照明工具的照射下，施工现场灯火通明，亮如白昼，映照着上下攀爬的施工人员。铁塔之上、跨越架顶端，是施工人员忙碌的身影，有条不紊，紧张有序；铁塔之下、施工现场，是各级管理人员专注的凝视，精准指挥，监护有力。

截至2020年12月18日凌晨1时20分，随着牵引绳回抽工作结束，高庄—白米改接沈星变电站110千伏线路工程跨越宁启铁路施工圆满完成。为了这一刻，姜堰供电人在寒风呼啸中奋战了整整四个昼夜。

12月14—17日，市区两级供电公司各部门通力协作，管理人员与施工人员不畏严寒，齐心协力，一道克服了夜间施工、严寒天气等给现场作业带来的影响。

施工过程中，工作人员严格按照上海铁路局"行车不施工，施工不行车"的规定，利用宁启铁路夜间 23 时 30 分至凌晨 2 时"窗口"作业时间，将原计划从 12 月 14—19 日分 6 天完成的工作，缩短至 4 天，超前两天完成跨越作业。

为保障夜间跨越施工人员和设备安全，市区两级供电公司项目管理部门精心组织编制了专项施工管理组织措施、施工技术方案、安全保证措施、安全风险识别评估及预控措施、施工应急预案等一系列方案，且先后通过了上海铁路局安全性评价、停电过渡方案审批、跨越方案审批、施工方案会审等一系列评审及审批手续。

为确保这项重点工程顺利实施，姜堰供电公司优化人力资源配置，要求全体施工人员树立"保铁路安全运行，安全第一、预防为主"的意识；明确各施工人员的任务、责任、施工工艺、质量标准，确保安全施工；进行施工前安全技术培训交底，严格按照施工方案要求施工；业主项目经理及安全员参加站班会，检查三查三交落实情况，认真执行安全工作票制度，施工时所有的施工点都有专职安全员现场监护，安排专人 24 小时不间断保卫值班。

市区两级供电公司主要领导在施工期间多次前往现场进行安全检查并慰问一线施工人员，鼓励全体施工人员在确保安全的前提下，抢时间，赶进度，高质量、高效率地完成施工任务，为姜堰高质量发展多做贡献。

（三）

冷空气又来了。

淅淅沥沥的雨水，迅速拉低了气温。但是，再冷的天气也阻挡不了供电人工作的热情。

这不，在南绕城杆线迁移工程现场，100多名电力工人冒着低温严寒，加班加点施工。

2021年1月25日上午7时30分，南绕城杆线迁移工程现场100余名工人对（南京路—三水大道段）区域内的10千伏架空线路进行停电施工。

姜堰南绕城快速化改造工程电力迁改点多、线长、面广，且工作时间紧、工作量大，区供电公司自接到任务来，多次召开专题会议研究，组织专业技术人员查勘设计，编制方案，相互配合，确保这项惠及民生的项目顺利推进。

冬雨季，电杆湿滑，再加上施工段面内线路交叉跨越多且车流量大，拆除跨越的架空线路安全风险较高、难度较大。

施工前，区供电公司各部门联动、精心组织编制安全、技术措施和施工方案。

施工时，施工单位在停电前完成缺陷消除；施工人员克服低温和连续阴雨加班加点；项目监理工程师现场监理；设备运维主人参与工程验收；各级管理人员到岗到位检查；公安部门协助交通引导……

在大家的通力合作下，截至16时10分，完成既定入地改造工作，顺利拆除3处跨越，完成6.24公里的电缆施放、13台环网柜以及 5 台箱变的安装。目前，南绕城杆线迁移工程已完成大唐电厂至三水大道路段，施放 13.04 公里各型号电缆，安装 30 台环网柜，8 台箱变。确保春节来临前完成南京路至三水大道的中低压杆线入地工作，为来年南绕城道路施工提供保障。

在神话故事里，上天入地是神仙本领，运用自如，法力无边。在生活中，"上天""入地"是电力工人的基本功，一样是法力无边，给千家万户送来光明和温暖。

2 月 2 日 7 时 30 分，姜堰供电公司集中 4 辆工程车和 60 名施工人员，实施"大兵团"集中作战，迁移东海路老通扬河桥 10 千伏线路以及配套设施，架空杆线改为电缆入地。

随着城市的快速发展，架空线路存在很多与城市发展不协调的地方，为改善此情况，供电部门积极开展电缆入地项目。电缆入地美化了道路景观，实现了街上无杆化、空中无线化，在扮靓城市上空的同时，增强了供电可靠率。近年来，区供电公司在全区多个路段实施电缆入地线路工程，东海路老通扬河桥改造正是其中之一。

前期，区供电公司根据城市建设要求，组织人员反复现场勘查，召开专题会议，科学制订电缆入地工程施工方案，明确电缆工程施工时间，合理调配施工人员，准备好设备材料和机械装备，确保各环节无缝衔接。

严冬腊月，天寒地冻。寒冷的天气增加了施工人员登高作业的风险和施放电缆的难度。加之临近春节，外出人员陆续返乡，又导致了空调负荷与日俱增，电网负荷处于较高水平。区供电公司各部门工作人员不畏艰难，克服种种不利条件，加班加点进行改造工作，确保 14 时前顺利完成施工，恢复供电。

13 时 43 分，在 60 名施工人员连续作业 6 个多小时后，最终圆满完成该地段电缆入地工程建设。本次施工，迁移 3 台变压器、1 台环网柜，拆除跨越老通扬运河的导线及电杆，将架空线路实施电缆入地，为通扬运河大桥的拓宽改造让出通道。

位于姜堰城区城东的 110 千伏官庄变电站于 2000 年投运，是姜堰区的重要电源点，承载了城区东部的电力供应。1 号主变自投运开始已运行了 21 年，运行年限较长且容量偏小，已无法满足姜堰区日益增长的供电负荷需求，同时也存在着一定的安全隐患。区供电公司对此高度关注，决定 3 月 18 日至 5 月 18 日这几个月，对 110 千伏官庄变电站 1 号、2 号主变进行更换改造。

110 千伏官庄变电站 1 号主变更换包括拆除原 1 号主变、新 1 号主变就位、新 1 号主变安装调试 3 个环节，工期为 30 天。主变压器被称为变电站的"心脏"，对电网安全稳定运行至关重要。主变压器更换过程中，检修班组、设备厂家、大件运输公司等多个单位交叉作业，设备更换需要使用吊车、高空作业车等大型设备，需要较大的空间。

采访中，区供电公司发建部主任袁莉介绍说："这次更换 1 号主变，计划赶在 2020 年迎峰度夏前完成投运工作。从拆除、就位到安装调试，工期十分紧凑。"施工单位项目经理杭成接着袁莉主任的话，描绘了施工蓝图，他说："拆除旧变压器前，需要先排空壳体内的几十吨变压器油。届时，涉及的工作区域将非常大。我们已经提前两天按照标准化作业要求布置好作业现场安全措施，并在主变压器旁的空地铺好防油彩布，防止污染地面。现场划分了区域，设置有工器具摆放区、旧设备堆放区、大型器械停放区等，做到整个作业现场运转井然有序。"

"现场施工人员请注意：戴好安全帽，检查一下防护工作服，登高作业人员，请做好安全保护措施。"5月13日，随着工地指挥员的一声令下，110千伏官庄变电站1号、2号主变扩建工程2号主变的拆除工作正式开始。

截至笔者采访结束离开姜堰时，在区供电公司各部门的积极配合下，官庄变1号主变更换工作已顺利结束，并启动投运，2号主变更换工作正在有序推进中。我们预祝这项工程如期完工，使姜堰区电网运行方式更加灵活，供电可靠性进一步提升，为姜堰的经济发展和居民生活用电提供坚强的用电保障。

328国道是江苏苏中地区一条重要的通道，连接了苏中地区各城市，也是江苏沿江大开发战略中的一条重要的沿江交通大动脉。这条国道的编号是G328，起点在江苏启东，终点在鄂北重镇老河口市，全长1200公里。为了有效化解G328国道两侧土地规划使用问题，给姜堰城区和经济开发区的发展提供坚强的电力保障，进一步美化城市环境和城市形象，为2022年"省运会"的顺利召开增添风采，2021 年 6 月，姜堰供电公司正式启动了目前姜堰区最大的高压线路入地迁改工程——G328 国道快速化改造高压电力线路迁改工程开断立塔工作。

请看我们的采访记录——

时间：2021 年 6 月 20 日上午 9 时。

地点：姜堰区 G328 国道大唐电厂东侧路段。

只见两台大型吊车正在有条不紊地起吊着钢管杆，对高黄线 43—44#段进行开断施工。施工人员顶着炎炎烈日，对 G328 国道快速化改造进行加紧施工。

现场采访同期音：工地负责人

近年来，随着城市规模的迅速增长，电力需求也同步增加。原有高压架空输电线路严重阻碍周边土地的开发利用，城市发展与电力架空线路的"空间之争"日益突出。采取输电线路"电缆化""地下化"是解决问题的有效办法。我们这次让电力线路由空中转入地下，就是为城市建设"让"出空间，让城市的天空更美。

记者：这次的工程量很大吗？

工地负责人：这次施工改迁的高压线路全长 10 千米，涉及沿线内 7 条 110 千伏高压架空输电线路。

记者：难度很大吧？

工地负责人：根据线路实际情况，我们采用电缆和架空线路混合、敷设地下电缆等施工方式操作，这都是规范操作，工人师傅很熟练的。

据悉，这项工程投资预计超 2.5 亿元。工程开展前期，姜堰供电公司领导高度重视，多次组织相关部门进行停电施工方案论证，最终将该工程第一阶段浓缩到 7 个工作日完成，即 6 月 20 日至 6 月 26 日。第二阶段项目涉及 2 条高压线路入地施工，计划于 8 月中旬竣工。

我们再来看看姜堰电力公司《繁星花》融媒体对 G328 国道电缆入地改建工程的报道，看看"繁星花"是怎样看待自己的工作的。他们的新闻标题是《百人大会战，提前 40 小时完成 G328 国道第一阶段电缆入地工程》：

随着 110 千伏高姜 877 线路 46# 杆接地线的拆除，6 月 24 日中午 12 时，G328 国道高压电力线路第一阶段电缆入地工程圆满完成。本次施工共出动 3 支施工队伍近百名施工人员，8 台施工车辆开展联合作战。施工人员兵分 5 路同时投入工作。经过 108 个小时加班加点的全力奋战，仅用 4 天半的时间就完成全部杆塔的新立、迁移及线路改接工作，全面完成施工任务。

25 日凌晨 1 时 27 分，5 条 110 千伏线路全部完成送电，姜堰主网恢复全接线运行方式。至此，区供电公司 6 个部门，通力合作，齐心协力，提前 40 小时打赢 G328 南绕城第一阶段电缆入地攻坚战。

G328 国道快速化改造高压电力线路迁改工程作为姜堰区最大的高压线路入地迁改工程，改造进展备受瞩目。本次开断立塔工作，施工点多面广，环境复杂，时间紧，任务重。为确保安全、优质、高效地完成本次施工，区供电公司精心准备，细致部署，多部门联动协作。

前期准备

发改委牵头召开 G328 南绕城施工期间保电工作会议，明确宣传部、发改委、交通局、公安分局、住建局、镇政府、供电公司等相关部门职责，做好施工期间应急准备。

区供电公司领导高度重视，多次召开工程项目推进协调会，讨论分析施工过程中可能出现的危险源点，明确安全注意事项及预控措施。

自 5 月上旬起，专业技术人员多次往返于施工现场反复勘察、沟通协调、设计规划、编制方案、组织材料进场、制定应急预案。

施工期间

区供电公司运检部、配电及输变电运检中心针对 3 座单母线运行变电站、7 条输电线路、95 条配电线路制定了供电保障预案，精心做好负荷转供工作。运检部工作人员于早、中、晚负荷高峰时段，对代供线路进行红外测温，实时了解设备运行状况，共计测温 657 处。

区供电公司带电作业班工作人员 24 小时待命，对测温异常部位进行带电作业消缺，施工期间通过带电作业消缺整改 15 处。

6 月 24 日上午，泰州供电公司总经理徐春社赴 G328 施工现场进行安全督导。区供电公司主要领导多次前往现场进行安全检查，慰问一线施工人员，叮嘱大家合理安排施工时间，注重施工安全，做好防暑降温工作。

区供电公司安监部配合公安部门对施工路段进行错峰交通管制，保障了跨路施工的有序推进；区供电公司组织安全督查队对作业现场进行安全检查，确保施工安全。

开发区供电所安排各辖区台区经理对涉及线路辖区的街道乡镇进行巡视检查、汇报情况，并暂停临近线路的吊车作业和市政工程，巡视检查中，共发现20处超高树木以及1处电缆缺陷，开发区供电所及时组织人员整改消缺。

现场负责人表示："修路是为群众办实事的大好事，我们要以最快的速度，最有力的行动，积极履行社会责任，助推公路升级改造有序进行，全力支持地方经济社会发展。"

据悉，G328国道快速化改造高压电力线路迁改工程的完成，预计将为姜堰未来15年的发展提供坚强的电力保障。

下一步，区供电公司将按照区委区政府的时间节点要求，合理调配力量，全力推进，以最快的响应速度，配合做好G328国道快速化改造工程。

2021年8月10日，这条全长10公里的国道两侧高压线路改迁工程第一、第二期全部圆满竣工。

披星戴月，马不停蹄。哪里有需要就到哪里去！这是中国工人阶级的优良传统，也是姜堰电力建设职工的一贯作风。对于他们而言，从一个工地转移到另一个工地，才是生活常态。撤离，就是出发！就是一项新工程的开始！

　　从 G328 国道撤离，他们投入南绕城快速化改造工程的电力杆线迁移工地，投入一场新的战斗！而此时，正是前所未有的新冠肺炎疫情流行的时候，要工作，更要防疫。在 8 月的烈日下，戴着口罩施工，其辛苦程度难以想象。

　　还是《繁星花》的报道——之所以在本文中直接穿插引用《繁星花》的报道，是因为只有他们不说记者们说滥了的"感同身受""身临其境"等语汇！因为，他们就是建设者、参与者，是新闻事件的主人公。他们的话，才是最可靠的！

　　8 月 10 日，在姜堰南绕城快速化改造高压电力线路迁移工程施工现场，姜堰供电公司 55 名施工人员头顶烈日，奋力推进工程进度。

　　7 月新一轮新冠肺炎疫情暴发以来，面对突如其来的考验，姜堰供电公司积极响应区委区政府号召，主动参与社区值守等志愿服务，全力做好疫情防控期间的电力保障工作。

　　同时，全面落实重点工程现场疫情防控措施，克服施工人员配置难、天气炎热等复杂因素，狠抓重点工程安全、质量和进度，确保实现疫情防控和重点工程"双胜利"。

　　姜堰供电公司以最高标准、最严要求、最实举措全力做好应急状态下的疫情防控工作。

　　目前，参与该工程建设的 120 余名工作人员已全部接种新冠疫苗，并完成了两轮核酸检测。

　　施工现场实行全封闭管理，每一名进场员工必须挂牌上岗，在完成体温测量、健康码与行程码验证后方可进入施工现场，定期向一线人员发放口罩及消毒用品，同时对施工场所及驻地进行定期消毒。

当前，历时一年的南绕城快速化改造电力杆线迁移工程已全面进入冲刺阶段。

按照施工计划安排，姜堰供电公司将在 8 月中旬前安装 12 台自动化环网柜，3 台 10 千伏分支箱箱式变压器，施放 12.4 公里 10 千伏电力电缆，力争 8 月底完成姜堰南绕城快速化改造电力杆线迁移工程的全部施工。

下阶段，姜堰供电公司将在抓好疫情防控的前提下，克服时间紧、任务重等多重困难，全力确保南绕城快速化改造电力杆线迁移工程顺利推进！

据《泰州日报》报道，江苏省第二十届运动会将于 2022 年 8 月 28 日在泰州举行，这是泰州有史以来承办的规模最大、规格最高、影响最大的体育盛会。江苏省第二十届运动会不仅是省委省政府交给泰州市的一项政治任务，更是一次全面展示泰州经济社会发展的历史性机遇。作为省运会乒乓球、摔跤、武术等项目比赛主场馆的姜堰区体育馆、游泳馆，目前正在紧锣密鼓地修建中。

2021 年 8 月 19 日上午，省运会施工保电小组工作人员李胜华在姜堰城区体育馆、游泳馆等处，对涉会场馆的供电项目施工进行安全质量检查。此刻，防疫压力和建设责任都很大，李胜华在现场叮嘱工地负责人说："现场安全措施、防疫措施要做好，围栏都放到位，施工人员注意正确佩戴口罩！"临走时他又叮嘱一遍:"必须全程戴好口罩,注意施工安全!"

这是姜堰供电公司开展省运会涉会场馆施工保电工作的一个缩影。

无论是省运会电力设施建设,还是赛事的各项电力保障工作,姜堰供电公司都肩负着重大的社会责任。为此,在省运会体育场馆建设过程中,姜堰供电公司提出要讲政治、讲效率、讲奉献,全力以赴为省运会提供电力保障。

从2021年6月起,姜堰供电公司便启动省运会保供电的前期准备,将各大场馆配电工程列入重点任务,并抽调姜堰供电公司"繁星花"共产党员服务队的12名骨干先后开展方案论证、路径规划、红线审批、图纸设计及审查工作。

2021年6月2日,施工队伍正式进场施工。姜堰供电公司再次抽调多名专业技术人员负责该项目的沟通协调及现场管理工作,先后与姜堰区文体广旅局、自规分局、住建局等7个单位召开协调会4次,优化设计5次。

由于该项目在施工过程中,面临沿途商铺多,交叉跨越燃气、雨水、污水、国防光缆、电力电缆等地下管道,跨越四支河,穿越中干河等重重困难,姜堰供电公司在提前开展多次商讨和整体方案的研究后,决定组织5支土建队伍共计98人参与本次的项目建设工作。7月以来,施工人员冒高温、战三伏、披星戴月忙施工、抓进度,目前该项目土建工程已接近尾声,预计9月份将全面竣工。

下阶段,姜堰供电公司将迅速组织电气进场施工,为各比赛场馆调试接电，助力第二十届省运会在姜赛事顺利举办。

2022 年 8 月 28 日，当江苏省第二十届运动会的开幕式在姜堰隆重上演时，无论是现场的观众，还是在线的观众，请你们举起双手，真诚地为保证这次运动会圆满开幕的所有建设者鼓掌！

第四章　战"疫"保电　冲锋在前

（一）

一切都来得那么突然，毫无预兆。一切都来得那么澎湃，如狂风席卷，大潮汹涌。

2020 年开局时节暴发的 COVID—19，即新型冠状病毒感染导致的新冠肺炎疫情，就像跟它同步而来的寒潮一样，突如其来，横扫全球。它阻击了人类历史迈向新征程的脚步，出乎意料地改变了每个人的生活方式和生活逻辑。它无情地夺去了被世界卫生组织确认的超过 100 万人的生命，并让超过 5.2 亿的人口感染……它让世界的战略格局和人类文明演进的路径，在无声无息的一击之后发生了深刻改变和严重位移。它迄今还在汹涌地变异着、肆虐着、流行着……

我们无法预知未来的历史学家或者人文学者们会怎样描述此刻我们还在经历着并与之不懈战斗着的这场新冠肺炎疫情大流行。我们也无法预知这场疫情最终会以怎样的方式偃旗息鼓，或者余音袅袅，甚至是波澜起伏无休无止。我们唯一能做的就是不懈地与它战斗，顽强地按照我们的意志创造生活，创造文明。然而，我们也不得不承认，它给我们带来的威胁、麻烦、压力，有时候甚至是恐惧……都是前所未有的真实而强大。我们需要跟所有的防疫手段形影不离：口罩、健康码、核酸检测、隔离、禁足……一切前所未经的生活，我们此刻正在经历着。我们，在跟病毒战斗，跟疫情战斗，也在跟自己战斗。

在这场持续了两年之久并且还在继续着的战斗中，我们有很多感动的瞬间珍藏在记忆的深处。这些感动，都是那些让我们感动的英雄奉献于这个时代和这个国家的礼物。一些平凡的人们，在平凡的生活和工作中，做着不平凡的事情。他们是一幕英雄的群像，他们是一个个坚强的背影，他们是满天闪烁的星光，他们是遍地开放的花朵，他们是祖国利益的捍卫者和人民幸福生活的建设者……他们中，有我们熟悉而敬爱的镰刀斧头旗帜下的人们；也有我们不曾熟悉的面孔。他们中有你，有他，有姜堰人民喜爱的"繁星花"……

战疫情，保供电，几乎成了他们两年来唯一的生活姿态和工作主题。跟以往不同，在保供电之前，他们首先要做的是"战疫情"。当战疫情和保供电同时进行的时候，双重的压力压在他们肩头，不但没有摧垮他们，反而使他们愈战愈勇。保供电，战疫情，因为他们的参与和努力，这场前无古人的战"疫"才能取得胜利。

我们同样无法预知，未来的历史会怎样赞叹这一届姜堰电力人在战"疫"中的英勇，但我们亲眼所见、亲耳所闻、亲身感受到——姜堰人民对他们的感激和赞美！

让我们的视线和笔触，延伸到姜堰电力人战"疫"保电的壮丽画卷吧！一点一点打开，一寸一寸触摸，一个字一个字阅读……当我们在窗外的防疫宣传喇叭声里读着这些战"疫"故事的时候，我们的心会随着文字飘逸到那个叫作姜堰的地方，我们会看到一个一个熟悉的身影——这身影有一个共同的名字：姜堰电力"繁星花"共产党员服务队！而人们更喜欢叫他们的昵称："繁星花"。

我是党员我冲锋！

面对来势汹汹的新型冠状病毒感染的肺炎疫情，连日来，国网泰州市姜堰供电公司160多名党员干部积极响应市公司党委、区委组织部、区级机关工作委员会号召，积极投身所属社区抗击疫情第一线，积极协助社区做好体温测量、排查登记、重点人群服务监测、防疫宣传引导等工作，努力加强社区疫情防控工作力量，充分发挥党员先锋模范作用，为战"疫"贡献党员力量，展现国企担当。

在桃园社区，他们登记检查过往车辆及人员，冒雨与社区负责人商议防疫卡点方案，向居民宣讲防疫知识。

在河东社区，他们挨家挨户摸排情况并做好防疫知识宣传，做好环境消毒整治工作，入户登记外来人员情况，分拣小区出入通行证。

在锦都社区，他们为小区居民发放出入通行证，走访摸排居民家庭情况。

在东城社区，他们协助劝返点防疫人员检查登记过往车辆及人员信息，做好劝返人员的解释、说服工作。

在湖滨村，他们按照上级要求，对过往车辆及人员进行仔细检查，认真登记详细信息。

在荷叶社区，他们发放防疫知识宣传单，介绍科学防疫知识，动作示范，情景模拟，每一个细节都一丝不苟。

在放牛村，他们为防疫卡口紧急安装警示照明灯。

在城南村，他们协助防疫卡口做好群众疏导，检查登记分类信息。

在康华社区，他们协助分拣小区出入通行证。

在马厂社区，他们积极参加社区疫情防控服务活动。

……

亲爱的读者，当我罗列出一个一个地名的时候，你也许觉得陌生和枯燥；当我真实再现他们工作内容的时候，你也许觉得平凡无趣。可是你是否想过，正是这一个个枯燥的地名，昭示着他们工作的难度和广度，正是这一份份平凡的工作，体现着他们防疫的一丝不苟。

马克思说，伟大的战士不仅出现在广阔的战场和思想的巅峰，而且在生活的方方面面，在人生的时时刻刻。

在战"疫"的重要时刻，来自姜堰供电系统的党员干部，在做好自身工作的同时，积极参与到社区疫情防控工作中。他们确保电网安全可靠运行；他们保卫公司内部不受疫情侵袭；他们和全区广大党员干部一起坚守，等待春暖花开，迎接疫情防控全面胜利的那一天！

战疫情，保供电。是他们在这次防疫战争中做的最重要的贡献，为全社会的稳定和战"疫"的胜利，奠定了基本的前提。因为不管是繁忙的医院还是安静的家中，都离不开可靠的用电保障！

保障供电，一线有我。运维检修部变电运维班工作人员，重点巡视 110 千伏姜堰变医院 135 线、110 千伏官庄变粮招 215 线，为泰州市第二人民医院、姜堰中医院正常有序运行保驾护航。

电力调度控制分中心调度值班人员，密切监控全区电网运行情况，为打赢防疫战做好用电保障。

线路巡视人员对涉及区政府、疾控中心、人民医院、中医院等重要单位的重要线路进行特巡。

营业厅工作人员为交电费的居民演示便民服务终端的使用方法。

此时此刻，保障供电是他们的责任，防控疫情也是他们的责任。这两份责任他们同时肩负，担起姜堰战"疫"胜利电力保障的时代重托防控疫情，从自身做起。在公司内部担起防"疫"责任的人员，对进出人员进行例行测温，对立体车库进行消毒，对值班室，会议室，办公场所进行消毒……这些工作按照规定的时间和程序，一丝不苟地重复，重复……

心系客户，心中有责。姜堰"繁星花"共产党员服务队百余名队员争当抗疫"逆行者"，发扬聚是"一盘棋"，散是"满天星"的精神，个个主动请缨，争相冲上一线发挥先锋模范作用。

2020年2月6日，北京时间21时，室外温度3℃，小雨。

此刻，在姜堰桃园社区一处防控疫情卡点，姜堰"繁星花"服务队队员卞云和黄海涛，克服寒冷和疲劳，正在坚守值勤岗位。这一幕，只是姜堰"繁星花"共产党员服务队100多名队员走进社区、冲锋一线，争当抗疫"逆行者"、担当群众健康"守护神"的一个缩影。让我们透过这个缩影，去看看"繁星花"战"疫"的一个个小故事吧——

◎ 故事一：走，到社区报到去！

"你们记得要勤洗手、戴口罩、少出门"

"近期家里有外来人员吗？"

……

全国上下打响抗击新型冠状病毒感染的肺炎疫情防控阻击战以来，"繁星花"服务队100余名队员纷纷"舍小家顾大家"，积极到所在社区、镇村报到，参加防疫值班、卡扣防控、摸排统计、知识宣传等工作，为疫情防控筑起了一道屏障。

桃园社区有两个值班防控点，分别为府东道路口和东方佳园南大门，这两处交通比较繁忙，人员流动性大，又靠近收治患者的市第二人民医院，危险系统高，可谓抗击一线上的"硬骨头"。然而，"繁星花"共产党员服务队的队员们却争着啃这块"硬骨头"，黄海涛、卞云、周洋、王竹青……一个个队员挺身而出，抢着 24 小时值守卡口，守土担责、守土尽责，用自己的行动筑牢姜堰防疫"大堤"。

◎ **故事二：我，应该冲在前面！**

42 岁的俞垛供电所队员张明华用特殊的孝心始终奋战在抗击疫情一线。春节前，70 多岁的母亲不慎摔断了腿，需要儿子回家照顾。张明华只能在电话中宽慰母亲："妈妈，这次值班是国家的大事。我是党员又是所负责人，应该冲在最前面。这也是你对我的要求。"

母亲明白了儿子肩上担负的重任，反过来鼓励儿子："你为社区居民站好岗，就是对我最大的孝顺。"

60 岁的队员张卫东是"中国好人"，发挥"好人效应"，第一时间奔赴姜堰区溱潼镇高速出口检测站，为临时搭建的医用大棚拉线接电，保障一线疫情值班人员用电需求。

"带点东西给您！"在镇村封闭管控的特殊时期，张卫东还甘当"保姆"，为行动不便的老人，送上蔬菜等生活用品。在这每家都忙着存自家食品的时刻，老人心里格外的暖，一直凝望着张卫东远去的红马甲背影。

综合服务分公司队员陈翔看到武汉的疫情，坐立不安，提前购置了红外线额温计、酒精棉等紧缺物资。春节期间，他不仅协调物资，还带领队员到单位食堂、立体车库、小区厕所等处消毒，为公司进出员工和社区返乡居民测量体温。

◎ **故事三：快，供电保障必须万无一失！**

风险面前，"繁星花"共产党员服务队的队员们，不仅当好人民群众的守护神，还四处奔波保供电。1月23日，全面检查全区4家发热门诊定点医疗机构、区委区政府、广电局、疾控中心、卫健委等重点部门用电安全；从1月29日起，宣传贯彻疫情防控工作要求及通知，提醒督促相关企业推迟复电时间；1月30日起，统计比对全区3000多家企业日用电量，配合区工信局排查疑似复工企业；2月1日，协助双登集团在3个小时内办结暂停业务，全力支持疫情防控措施落实……疫情当前，处处闪烁着"繁星花"共产党员服务队队员们忙碌的身影。

"医院是抗击疫情的第一线，供电保障必须万无一失！"队员们始终紧盯医院这个战疫情关键点，确保可靠供电。1月31日上午10时，队员们得知市第二人民医院后勤保障部需在当天恢复10套集体宿舍用电，供发热门诊医护人员休息使用。他们立即行动起来，安排业务、电费、计量等多名专业人员快速办理，13时全面恢复供电。

◎ **故事四：爱，一起汇集起来！**

"我们不能像医生一样战斗在最前沿，但我们可以尽我们所能为他们做点什么。"2月4日晚，"繁星花"共产党员服务队的队员们向全公司发起了"众志成城、抗疫有我"捐款倡议，以实际行动助力支持抗击疫情，弘扬大爱精神。公司全体员工积极响应，从 21 时到次日上午 10 时，各部门所有捐款全部到位，还有外调的员工得知消息后，也转来了捐款，此次倡议共筹集到全部捐款 59128 元。此善款将定向捐赠给市第二人民医院购买防护物资，共克时艰，打好疫情防控阻击战。

据初步统计，疫情发生以来，"繁星花"服务队队员累计排查车辆 600 多辆，发放宣传资料 2000 多份，劝导隔离观察湖北来姜人员 5 名，帮助居民解决大小困难 50 多个，服务群众 1000 多人次。

（二）

逆行者，这大概是最近几年来互联网上最热的、最受人尊敬的、人民群众最喜欢的一个名词了。不，它不是一个普通的名词，它是一个专有名词。它是专属于在大灾大难和生死抉择面前，为了祖国和人民的利益而抛弃一切奋不顾身地走向战位的高大的背影！它是现代汉语词语的发育在当代的一个重要的成果——在以往的岁月里，"逆行"者至多算是个中性词，而现在，它妥妥地发育成了褒义词。

大疫面前，逆行者的身影遍布华夏的大地，各行各业。凡是有疫情的地方，最不缺少的就是大义凛然的逆行者的身影。在姜堰电力公司战"疫"防疫逆行者的故事里，有很多很多值得传颂的，今天，我们就要随手拈来，听一听这几位逆行者的故事。

他，一朵普通的"繁星花"，他的 40 岁生日是在战"疫"第一线度过的。

2月7日晚上10点，姜堰供电公司综服公司副经理陈翔，还在姜堰区锦华园小区劝返岗上值守。今天，是他的生日。陈翔和家人早就盼望能在这一天欢庆一下。不料，突如其来的新冠肺炎疫情打破了一家人的愿望。抗击疫情，他哪里顾得上过生日呢？自从自觉加入战"疫"逆行者的群体，他和"繁星花"战友们天天忙得晕头转向。紧急购置防护物资、及时分发到位、每天投身到公司内部消毒、出入人员检查……一项一项的工作就像波浪一样一股脑地涌来，让他应接不暇。

他积极参与社区的防疫工作，因社区劝返岗缺测温仪，2月6日，他将家中前年购买的一台测温仪拿出来捐献给社区，并主动参加社区组织的小区出入证发放和登记排查工作。

2月7日下午，他在公司接到妻子打电话问他回不回家吃饭，在妻子的提醒下，自己才想起来原来今天是四十周岁的生日。下午17时40分下班，匆匆吃了几口饭，18时他又走上了社区的小区劝返岗位上，对过往车辆进行检查和人员登记。

陈翔说："这个生日在战'疫'现场过，非常有意义，就把今天工作巡视和劝返岗拍的照片留下来做纪念了。"当晚，妻子和女儿打来视频电话，用最简单温暖的方式祝他生日快乐。

他，又一朵普通的"繁星花"。在战"疫"岗位上忙碌，他的亲人却在此时去世了。怎么办？

"各位领导好，因我老婆奶奶过世，12号须调整下值班时间（原时间为 8:30—11:30），有没有哪位领导愿意跟我调换下时间。"发完消息到公司东方佳园疫情防控微信群后，钱群明就静静地等待着回应。

钱群明是姜堰供电所的一名台区经理，负责梁徐村、黄村两个村 1500 户居民的用电服务。疫情发生以来，他在做好保电护航工作的同时，还主动配合公司的部署，参与到东方佳园防疫 24 小时轮流值守中去。他积极协助小区做好进出人员体温测量、进出车辆排查登记、防疫宣传引导等工作。他的爱人是三水派出所的一名社区民警，两人都奋战在防疫工作一线。他们的孩子还小，只有 5 岁。每天，夫妻俩把孩子交给家里的老人帮忙照看后，就各自投入疫情防控工作中去。

几乎是钱群明在群里消息刚发出去的同一时刻，群里就有了声响，如同一颗小石子投入了湖心，荡漾开道道涟漪。"我替你去，反正我在家。"同事孙鹏说道。紧接着是同事周洋："你去吧，我延长一个班。""我连值就行了。""我替他去，我和他是兄弟。"大家你一言我一语的主动请缨，钱群明看着这一个个跳动的字符，心里涌上一股股暖意。

当肆虐的疫情袭来，供电人的身影冲锋在前。在接到任务的第一时间，公司 49 名党员干部以及非党员职工主动承担东方佳园和防控压力较大的府东菜场东大门南侧卡口的值守任务。当并肩作战的同事亲人去世的消息传来，他们争先承担工作责任，帮助同事。疫情无情人有情，自信真爱唤春风。

他们，战"疫"行动中"繁星花"最感人的故事。封闭隔离。24 小时值守。10 天不回家……他们是怎么度过的？

◎ "临时床铺一样休息"

本次疫情防控，为了确保调控场所和人员绝对安全，区供电公司启用 7 楼备用调控地点和公司食堂封闭房间，调控值班人员分组分批封闭隔离，10 天为一轮。

模式的改变意味着部分调控员要先行隔离，在条件艰苦的 7 楼上班，也意味着有人要做出牺牲，在完成自己原有工作的基础上，加入值班队伍中去。此时，邱阳没有迟疑，身为班长，又是党员，人员不足，他来顶，封闭隔离，他先上。"早晚睡觉一齐天亮，临时床铺一样休息。"质朴的话语更像一纸动员令，在班组传开。

◎ "我们父女一起冲刺"

疫情来临时，谭华宏离开了 2020 年中考冲刺的女儿，一直坚守在岗位。女儿对他说："现在工厂停产期间，你怎么比平时还要忙，我问你题目都没时间。"虽有愧疚，但他仍然鼓励女儿："疫情就是战情，爸爸在单位保电，你在家学习迎战中考，我们一起冲刺，加油！"

直供电源是哪个？备用电源是哪个？上级电源和相关变电站的怎么运行？发生故障如何最快恢复供电？调控系统启动封闭值班以来，谭华宏针对严峻的疫情防控形势，对与防疫相关的重要用户进行梳理，提前做到心中有数。

◎ "没有大家，哪有小家"

翟晓敏一直讲，调控中心就是她的第二个家。由于双职工的特殊身份，她的老公一直在变电运维一线忙碌，而她的儿子还不满两周岁，正是需要父母的时刻。

对于需要 10 天一直封闭在单位不能回家，她有过为难。然而，她并没有犹豫太久，"疫情这样继续发展下去，大家都不能回归正常的生活。没有大家，哪有小家！我要尽自己的一份力！"她坚信，有了大家的共同守护，共同奋斗，战役终将过去，而我们也会迎来春天，走出小家，无畏相拥。

◎ "值好每一个班"

2020 年是刘钰媛参加工作的第 4 年，也是她进入调控分中心工作的第 3 年。在接到值班历史上第一次"全封闭式值班管理"的通知后，她主动请缨参加，成为首批封闭值班的调度员。

"现在是疫情防控的关键时刻，自己也是一名预备党员，这是我义不容辞的责任。"她坚定地说道。疫情当前，文静的她多了一份勇气与担当。现在她一心只想值好每一个班，站好每一次岗。

◎ "这是我的入党申请书"

"请打开录音笔，下面我们准备交接班，在过去的 10 天里电网运行情况稳定……"2 月 26 日早晨 7 时 50 分，国网泰州市姜堰供电公司调控员陆凯正在通过电话进行新一轮的换班交接。

为确保疫情防控期间医院、隔离点、物资生产企业等重要用户以及居民用电万无一失，保证复工复产企业安全可靠用电，姜堰供电公司按照"调控值班双场地、调控人员双隔离"的应急值班方案要求，调控运行值班实施双套互备、封闭隔离模式，每十天一轮换。

陆凯是调控中心最年轻的员工，来到调控岗位不到两年的他也是第一次面对这种严峻态势，不过没有什么可畏惧的。

调度是电网的大脑，是极为重要的一部分，他深知这一点，所以即便封闭管理的安排格外突然，他也主动报名参加首封。"这个时候更需要我们调控员工扛起职责，坚守岗位。"他一边参加 24 小时值班，一边利用备班隔离时加紧学习专业知识，并向支部递交了一份入党申请书。

拟票、发令。他们忙碌的身影定格在调控保电值班的一线。或许他们很平凡，但他们的付出与坚守却值得被记录，值得被倾听……

企业报刊、新媒体号等平台，是企业文化的重要载体。每一个优秀企业都有自己的文化、宣传平台。姜堰供电公司也一样，也有自己的媒体平台，这个平台就叫《繁星花》。在《繁星花》媒体平台上，你能看到繁星花的最新动态，他们做什么了，他们遇到什么困难了，他们谋划着要开展什么活动了……所有关于姜堰供电公司和"繁星花"的事情，都可以在《繁星花》上找到最详细的记录。

在《繁星花》上面，我看到了一篇纪实报道。这是一篇言简意赅、干净利索的纪实。它细致、真实地截取了姜堰供电公司"繁星花"共产党员服务队战"疫"的一个截面，再现了这个截面的全部。在此原文照录，但愿读者们能从中看出"繁星花"战"疫"的全景及其细节——

【24 小时战"疫"】
见证："逆行"接力的姜堰供电人

疫情就是命令，生命重于泰山。当前疫情形势仍然十分严峻，姜堰供电公司党委，积极响应全区发出关于组建第二批"三水先锋"党员突击队到战"疫"最前线去的号召，抽调"繁星花"共产党员服务队骨干成立突击小组，配合交通、公安、卫健等部门，2 月 10 日 8 时至 2 月 11 日 8 时在宁靖盐高速姜堰收费站出口 24 小时值守，为合力打赢疫情攻坚战贡献供电力量。

值守时间：8:00—12:30

薛磊，28 岁，共青团员，运维检修部变电运维实习员

早晨 7 时 50 分，我准时到达值守点，与上一班次人员完成换岗交接后，工作便紧锣密鼓地开展了起来。测量体温、登记信息、疏导讲解……在这个春寒料峭的早晨，我感

受到疫情之下，全国人民的团结一致。疫情防治是一场持久战、攻坚战。当前已到了白热化阶段，任何的松懈，都可能前功尽弃。我相信，充满凝聚力和战斗力的中国人必将更加团结，同舟共济，打赢这场没有硝烟的战争！

值守时间：12:30—18:00

李胜华，44岁，入党积极分子，新光电力工程有限公司副总经理

得知公司组建突击小组参加值守的消息后，我主动报名参与高速口的疫情查控工作。下午的5个半小时，也是一天中车流量最大的时间段。我积极配合交通、公安、卫生等部门的同志做好进姜人员车辆的测量、排查、登记及疏导工作，以"不漏一车、不放一人"的标准进行疫情查控，把好高速口疫情防控第一道防线。疫情防控，人人有责，只有大家团结协助，从自身做起，从点滴做起，才能打赢这场防疫阻击战。

值守时间：18:00—22:00

严宇，30岁，中共党员，营销部计量技术

晚上六点，正好是下班的高峰，收费站出口处的车子也多了起来。我耐心地引导车子统一停放在道路右侧，对回姜堰的车辆，提示车上所有人到检查站扫二维码登记；对外地车辆使用导航误在姜堰下高速的，提示他们赶紧从入口再上高速；对外地货车，引导他们停在出口路旁，联系本地接驳车辆来对接货物。就这样忙了不知多久，喘口气时忽然发现

天已经完全黑了，不时的还有阵阵寒风袭来，但忙碌让我感到满身温暖，我也希望把这份温暖传递给每位归家的人。

值守时间：22:00—1:00

徐文龙，33岁，中共党员，开发区供电所运维采集一班班长

宁靖盐高速姜堰收费站出入口是疫情防控的"第一道防线"。2月10日，我作为一名志愿者，参加了值守工作。21时50分，我和公安、医疗和交通运输战线的同志一起对进入姜堰的车辆人员进行体温检测和登记。"请您到前面检测体温""请出示身份证"……同一个动作，同一句话，不知道重复了多少遍。在晚上，手冷脚僵是最直观的感受。但疫情当前，防控就是责任，作为一名基层党员，我更是要亮身份、当先锋，为全区打赢疫情防控阻击战尽自己一份力。

值守时间：1:00—5:00

周佳霖，25岁，中共党员，姜堰供电所运维采集二班实习员

世上没有从天而降的英雄，只有挺身而出的凡人。疫情虽险，但志愿者们从不缺席！2月11日凌晨1时，我加入了宁靖盐高速姜堰收费站卡口轮班值守的志愿工作，与交警、道路运输部门的工作人员并肩作战，负责对入城车辆司乘人员进行体温检测。尽管辛苦，但在寒冷的冬夜，我却常常感到阵阵暖意，经常会有过卡口的车辆对我们说"辛苦了""加油""谢谢"。我们都只有一个信念：帮忙不

添乱、援手不缺位，在这场疫情阻击战中发光发热，用实际行动守护人民健康。

值守时间：5:00—8:00

夏嘉鹏，26岁，入党积极分子，运维检修部输电运检工

2月11日，我作为志愿者参加了宁靖盐高速姜堰收费站卡口轮班值守工作。随着返程高峰来临，车流量激增，逢车便喊"您好""抱歉""打扰一下""请问您从哪里来""耽误你宝贵时间""谢谢配合"。一个班次下来，手套里的汗水把手指泡皱了，口罩将脸上勒出了深深的压痕。天渐晓，雨势渐大，但我们的心里却是暖的。我们努力多一点，疫情威胁就能少一点。在寒风中，在黑夜里，戴着口罩的我们却拥有最闪光的青春。

我相信，透过这些朴实的文字，亲爱的读者们是可以"看"到"繁星花"坚守战"疫"阵地的分分秒秒，看到他们的拼，感到他们的真，体会到他们的辛苦和劳累。

我还看到一个姜堰供电公司17名供电员工全封闭值守，确保疫情防控期间电力供应万无一失的纪实故事，那故事里说——当城市点亮万家灯火，清凉送进千家万户的时候，有这样一群人，为了确保电力供应不受疫情影响，共同选择了离开"小家"，守护"大家"。他们就是姜堰供电公司正在进行集中封闭管理的17名电网调控、运维值班员。

"宝宝，妈妈这几天不回去了，你在家要乖乖的呀！"8月4日晚，姜堰供电公司电力调度控制中心调控值班员翟晓敏结束连

续三天的值班任务，在临时休息的封闭房间里和刚刚三周岁的儿子视频聊天后，眼眶不禁湿润了起来。

很多人不禁要问，为什么供电公司要对值班员采用这种封闭管理模式？

原因就在于——

调控、运维人员不可替代！

电力调度控制中心是电网运行的指挥中枢，保障人民群众可靠用电的重要指令，就是从这里发出，而这些指令的执行，就需要运维人员去逐一落实。

电网调控、运维人员，专业性强、培训周期长，可替代性低。打个比方，如果一旦有调控、运维人员感染新冠病毒，那电网可能面临"无人驾驶"的状况，将直接影响社会民生用电，甚至影响战"疫"的成败。

因此，对调控、运维人员采取全封闭管理，目的就是确保电网运行值班队伍的绝对安全，从而确保姜堰电网安全稳定运行。

那这个全封闭管理是怎么轮值的呢？

从8月2日开始，8名调控员分2组，互为备用，6天一轮换；9名运维人员分3组，轮流备用，4天一轮换。所有人员实行工作、就餐、休息三点一线，军事化封闭管理。

"作为一名老党员，抗疫保供电我必须要作表率！"57岁的运维值班员徐圣明铿锵有力地说道。2020年初疫情暴发之时，他就主动要求到公司封闭值班，"我年纪大，有经验，懂得多，让小年轻在家安心过年吧"。

现在疫情卷土重来，虽然心里牵挂着远在南京的妻儿，但他又毫不犹豫地站出来，"没事儿，我已经嘱咐过他们，让他们好好照顾自己，别让我担心，我还要工作呢"。

调控值班员施莉莉前一段时间刚做完手术，正是需要好好休息的时候。听到封闭值班的消息，面对身体和家庭的双重压力，施莉莉主动提出参加封闭值班，"我身体没问题，申请加入"。质朴的话语令人动容。

"班长，我回来了，我请战！"还没休完婚假的运维值班员纪欣颖出现在班组。2020 年 7 月 1 日入党的她是运维班组的青年骨干，而她的爱人远在宿迁，同样奋战在供电一线。在这最特殊的时刻，他们第一时间冲上"战场"，投入这场艰苦的战"疫"。

"繁星花"写在战"疫"一线的感人故事，真是不胜枚举，数不胜数。为了守护好人民群众的身体健康和生命安全，他们逆行出征，到人民群众最需要、疫情防控最紧要的地方去默默付出，无私奉献。

"90 后"的夏嘉鹏是一名入党积极分子，他主动请缨到宁靖盐高速梁徐出口参加值守。每天上午照常参加单位工作，下班便马不停蹄地赶到高速路口，盘查、询问、验证、登记、处置……一忙起来，就停不下来，只有换班时才想起来挤在集装箱里眯一会儿。有时赶上车流量大，连盒饭都没时间吃，只有饿着肚子坚持工作。特别是晚上，前半宿蚊虫叮咬，后半宿困意难熬。这样连轴转的节奏，他从没有跟组织抱怨过。白班连着夜班，夏嘉鹏已经连续一个星期没有在家和父母一起吃顿饭、聊聊天了。他说，我要坚决扮演好"守关者"的角色，为姜堰疫情防控贡献自己的力量。

家住在北街社区的申正华，是淤溪供电所党支部书记。战"疫"打响后，他第一时间回到社区报到，承担着社区内393户经营场所每天例行巡查的任务。提醒每家商户要消毒杀毒，做好日常防护工作，在完成好社区工作任务后，还要及时到淤溪供电所主持日常工作。而碰巧最近这几天，淤溪镇龙溪工业园新上的招商引资项目需要接电，他还要不停地跑现场，协调矛盾，保证企业项目按计划推进。他每天就这样在北街社区和淤溪镇之间两头奔波，来回上百里，没有时间小憩。一天下来，他总是骄傲地在微信朋友圈里晒出自己的运动成绩：不用说，他一直是步行排行榜的"榜一大哥"。

在河南社区卡口，每天晚上都能见到刘敏忙碌的身影，从执勤的第一天起，他就没有休息、没有轮班，不厌其烦地为进出群众登记、验码、测温、宣传。女儿只能在晚上去看看执勤的爸爸，给爸爸送水、加油。10岁的女儿问他："爸爸，你为什么不回家休息啊？"他对女儿说："宝贝，现在病毒很凶，爸爸不回家就是为了让我们小区平平安安。每一个小区都平安了，大家就平安了。大家都平安了，爸爸就能回家睡觉了。"

上班，他是供电公司物资的保障者，兢兢业业完成物资管理调配。下班，他是社区卡口的守护者，吃不上两口饭就急急忙忙赶往疫情防控第一线，直到深夜才拖着满身疲惫回家。他的状况，就是"繁星花"的写照。

有一位老党员，退伍老兵，他叫刘喜年，59 岁了，是有三十多年党龄的老党员，曾经参加过对越自卫反击战。

已是接近退休的年龄，本来该是每天下班后在家中带带外孙女，享受天伦之乐的时候，但是，由于疫情，女婿被隔离在扬州，女儿工作繁忙，家中还有 7 岁的外孙女需要照顾，他知道社区执勤人员紧缺，第一时间响应社区号召，坚持守在执勤一线。他说，我是一名老供电人，也是老党员，不管是哪个身份我都应该为人民服务，这种时候我就该为抗疫工作出一份力。能够在社会需要的时候贡献自己的力量，是一件值得骄傲的事情。

带着这样的心愿和信念，这位老党员、退伍老兵、电力老人，抛开小家顾大家，加入了"繁星花"战"疫"的队列，走上了战"疫"一线。

有一位叫杨昊的"繁星花"，夫妻俩均在供电一线工作。7月下旬南京疫情暴发以来，他的妻子秦珣一直在外封闭学习，家中不到 4 岁的儿子无人照料，杨昊只能将孩子送到高港老家，独自一人回到姜堰加入封闭值守。

18 座 110 千伏变电站，3 座 35 千伏变电站，来回数百公里，这是他的阵地，也是他为战"疫"胜利坚守的地方。保证这些电路的畅通，他义无反顾。不论天气怎样，不论有什么困难，他都雷打不动地在一座又一座变电站之间奔波着、巡检着。他说："特殊时期，只有守护好电网，我才能更好地守护我的小家。"

晚上 10 时，运维值班室里，刚刚夜巡回来的杨昊和妻子秦珣通上了电话——

妻子说："你今天怎么样？最近我不在家，天气又热，自己要照顾好自己！"

他说："没事，你放心，过两天我抽空回去看看孩子！"他知道妻子心疼他，更担心孩子。

战"疫"保电，连我们电力人的孩子也在默默地贡献……

顾高供电所党支部书记徐斌，这段时间特别忙。从早上 6 时到晚上 11 时，他没有片刻空闲的时间。

作为支部书记的他，既要保证顾高供电所日常工作的正常开展，又要处理顾高镇各村组疫情防控中的电力保障中遇到的问题，保障电力供应畅通无阻。此外，作为党员的他，主动带头参加社区值守，以身作则，战"疫"向前。同时，作为儿子的他，每天还需要为身患重病住院治疗的父亲准备一日三餐。

徐斌的妻子在娄庄镇洪林村委工作，每天要防疫值班也脱不开身。他们夫妻俩觉得这段时间最对不起的，是正在上高三的孩子。处在高考升学的关键时期，可他们却很少有时间陪伴在孩子身边。孩子对他们表示理解，安慰他们说："我已经是个大人了，可以自己照顾自己，特殊时期，战'疫'要紧，我为爸爸妈妈感到自豪！"

在卡口值班的缪永胜，这些天说得最多的话就是对前来买菜的群众道："您好，请出示健康码。""好的，我来给您量一下体温。""请戴好口罩，注意分散购买，不要去人员密集的摊位。"

缪永胜，姜堰供电公司调控党支部书记。家住东方佳园的他，当起了志愿者与社区的联络员，主动定点在保府东菜市场防疫卡口值班值守。该卡口每天人流量大、车辆进出多，人员复杂，卡口负责人并不好当，可他毫无怨言。每天排班、协调、值守，统筹解决各项问题，使疫情防守和保障群众生活都进行得很顺利。

值守这些天来，偶尔有一些不理解、不配合的群众，影响着卡口的正常运转，每当有这种情况发生，他总会第一时间联络社区、解释引导。面对值守人员情绪上的波动，他还会不停地鼓励他们，"非常时期，群众有些不理解很正常。作为党员，不仅要站出来，还要站到底！"

丁涛是姜堰供电所的营业班长，也是一名预备党员。战"疫"打响后，他主动参加梁徐高速路口值守。所里日常繁重的营业工作、任务指标都还得按时完成，而疫情防控，又是责任大于天。有时，他感到实在是分身乏术，力不从心，难以两边兼顾。

姜堰供电所其他党员同事了解到这一情况后，立刻挺身而出，表示愿意一同承担值守任务。于是，困扰丁涛的难题迎刃而解，姜堰供电所党支部书记叶海涛、预备党员钱群明，跟丁涛组成"战'疫'三人组"，根据各自合适的时间轮流前往疫情防控第一线——梁徐高速路口值守。三人有一个共同的认识：保障疫情期间人民用电需求，是电力人应尽的职责；守好防疫卡口，将疫情拒之门外，更是共产党员应有的担当！

在"繁星花"共产党员服务队里，有很多这样的普通人。他们虽然平凡，但却拥有着不平凡的力量。我们定格他们的身影，我们记录他们的故事，是为了更好地砥砺前行！是为了给未来的岁月留下一段真实的记忆！更是为了战"疫"的胜利，对"繁星花"精神的发扬和传承。

在姜堰罗塘街道三园社区的临时核酸检测点，"繁星花"志愿者连续奋战 12 小时，为核酸检测提供电力保障的事迹，就很好地传承着"繁星大爱"的精神。

2021 年 8 月 9 日 14 时，在姜堰罗塘街道三园社区的临时核酸检测点。

姜堰供电公司"繁星花"共产党员服务队队员钱存金，正在紧张地安装设在本地的核酸检测点的临时电源和照明设备。

根据当前疫情防控需要，姜堰区罗塘街道将从 8 月 10 日 6 时起，在街道全域组织开展核酸检测压力测试。

考虑到临时检测点条件相对简陋，照明、空调、冷藏等设备需要安全可靠的电力供应，8月8日下午，姜堰供电公司专题组织召开核酸检测点的电力保障工作布置会，要求立即与相关社区对接，在做好个人防护的同时分头行动，以最快的速度完成52个核酸检测点电源接入和安全用电检查，确保核酸检测现场用电正常。

8月9日上午7时20分，姜堰供电公司52名"繁星花"队员早早来到姜堰区委党校，进行核酸检测，并对此处的电力保障做了一次检查，检测、检查完毕后，他们从这里出发，立即赶赴各核酸检测点，完成各核酸检测点的保电任务。

"我在这里立个军令状，为保证罗塘街道核酸检测压力测试顺利开展，今天大家再晚再累，也得把检测点照明和用电电源配置到位。"姜堰供电公司"繁星花"共产党员服务队负责人黄海涛对52名队友叮嘱道。

伴着8辆电力工程车的汽笛声，队员们兵分多路，朝着52个临时核酸检测点进发，打响了核酸检测压力测试电力保障攻坚战。

在金河社区黄金广场现场，经过勘查，为保障新增核酸检测点供电，需要架设低压电线400米，安装照明灯具36个，提供接电电源点8个。"繁星花"们立即动手，密切配合，娴熟地完成了全部接电保通工作。

看到检测点照明、空调等设备顺利启用，现场接电施工总负责人陈旭和队员们抹了把头上的汗渍，又随即投入下一个检测点的接电任务。截至8月9日19时50分，姜堰供电公司完成了

52 个核酸检测点现场接电和安全检查，共敷设低压护套线 4.6 千米，安装多用插座 207 只，安装照明灯具 256 个，为核酸检测压力测试提供了坚强的电力保障。

在接下来两天的核酸检测压力测试中，52 名"繁星花"共产党员服务队队员持续为核酸检测点提供"一对一"现场保电服务，全力保障核酸检测现场安全可靠用电。

姜堰供电公司主要负责人率队到各核酸检测点检查接电情况，要求"繁星花"共产党员服务队牢记"人民电业为人民"的企业宗旨，用优质服务做好供电保障，用实际行动为人民群众办实事。

疫情防控的特殊时期，独居的老人、困难户老人的防疫与用电安全、畅通怎么保障？这是一个不容忽视的问题。

姜堰供电公司"繁星花"共产党员服务队给 29 位独居老人和困难老人送"暖心包"的事迹，不仅有效及时地解决了老人们的现实困难，而且使得他们在疫情严峻的形势下避免流动感染，为老人们的防疫提供了暖心的服务。

"王老，我们过来看看您，现在是新型冠状病毒肺炎高发期，给您送来几副口罩和一些蔬菜、肉类，要多注意做好防护。有啥困难，及时给我们打电话，我们来想办法解决。"

2 月 11 日，姜堰供电公司"繁星花"共产党员服务队队员李胜华和潘传志刚刚结束了值班值守，来不及休息，一起到辖区孤寡老人家中走访。为老人送去口罩和生活物品等"暖心包"，讲解疫情防控相关知识，叮嘱他们做好居家防疫工作。

当前疫情防控正处于胶着对垒状态，所有小区都实行了封闭管理。这给社区居民，特别是孤寡老人的生活带来了诸多不便。这些孤寡老人大多独居，年龄比较大，免疫力低，有的还有一些基础性疾病，出门采购生活物品很容易感染病毒，甚至发生危险。

"繁星花"共产党员服务队队员曹晓宇是一名入党积极分子，在参加小区防疫值守的过程中，无意中了解到小区的孤寡老人毛永年家中蔬菜和肉类等生活物品短缺的情况，立即向队长汇报。得知这一情况后，"繁星花"共产党员服务队立即启动了关爱弱势群体专项行动，与河东、荷叶、高陈、康华等社区沟通，通过实地走访、电话了解等方式第一时间对各社区孤寡老人进行全方位摸排，精准掌握受疫情影响导致生活困难人员状况及需求。

不仅如此，"繁星花"共产党员服务队队员纷纷献出爱心，自发捐款采购口罩、蔬菜、肉类等物品，并采取"一对一"的服务方式，将采购的物品送到 29 名孤寡老人手中，耐心告知老人们如何正确佩戴口罩，如何正确消毒，提醒老人们少出门、多洗手、勤通风，有事及时联系他们。

"繁星花"共产党员服务队队长汤泉在总结这项工作的时候说："关爱困难群体，奉献爱心，一直是我们'繁星花'队员的分内之事。""在疫情防控阻击战中，我们将加强与相关社区的沟通协作，把弱势群体的帮扶工作做得更加扎实到位，更加精准有力，更加温暖人心。"

（三）

抗疫、战"疫"的终极目的是什么？

一句话：保生民，保民生。

保生民，就是保护人民群众的生命安全，健康安全。只有人民群众健康生活了，战"疫"才算是达到目标了。

保民生，就是保护经济社会的正常运转，保护各行各业的生产、经营、流通一切如常，顺畅有力，蓬勃向上。这样，社会才有活力，发展才有后劲，民生才有希望。

2022 年 2 月 18 日，新华社发表文章《中国抗疫成就助力世界经济复苏走稳走实》，列举了中国抗疫"动态清零"政策给世界抗疫和全球 120 多个国家带来的积极影响和社会进步，文章引用《华尔街日报》的观点，认为两年多来，中国"动态清零"政策实现了其他国家一直渴望的两个目标：低死亡率和经济干扰最小化。"美国人现在刚刚开始摆脱新冠魔影回归正常生活，而大多数中国人早在 2020 年就已经如此了。"

事实上，中国在控制国内疫情、促进经济复苏方面取得的成就，早已得到国际社会公认。富有科学精神和人类正义感的大多数世界级的专家们普遍认为，疫情期间，中国与海外保持活跃的贸易往来，发挥着稳定全球供应链的作用。中国抗疫的世界贡献，在于"赋能"他国经济复苏。

世界的供应链在中国，全球的制造中心在中国。而中国制造的中心，在长三角、珠三角、成渝大三角。江苏省泰州市姜堰区也在中国制造的核心地带。赋能经济复苏，保障生产正常，是姜堰供电公司防疫战"疫"工作中最为重要的内容。用国内新闻舆论界的行业语言说，就是保障复工复产，助力经济发展。

随着企业复工潮的到来，姜堰供电人勇担当、重行动，全心全力帮助企业复工复产，服务地方经济社会发展，根据企业复产计划、用电负荷等情况，开辟线上绿色通道，科学制订专项供电方案，落实"菜单式"保障措施，切实做到"开工一家、掌握一家、确保一家"，为全区复工企业特别是防疫物资生产企业，提供可靠的电力。

2月11日下午，姜堰供电公司"繁星花"共产党员服务队队员夏继军完成10千伏单塘线巡视后，在工作群中进行了"零报告"。该线路是防疫物资生产企业康洁卫生用品厂的供电线路。春节以来，夏继军每天都会对这条线路开展特巡，确保线路安全运行。

抗疫期间，线上生活和线上工作成为常态和主流。学生在线上上课，亲友在线上交流，商品在线上销售……中国互联网领先优势为疫情之下人们的生产、生活，提供了便捷安全的条件。线上开展电力服务，也是姜堰供电公司的一大业务。

坐落在姜堰区娄庄镇的金宝来纺织有限公司，是当地的产业龙头，外贸订单充足。该公司原计划2月3日恢复生产，1月28日地方政府发布延期复工公告后，"繁星花"共产党服务队队员马涛主动与该公司联系，线上为客户办理了暂停延期。2月10日，该公司通过复工审批后，立即通过"网上国网"APP向供电公司申请复电。接到申请后，马涛立即赶往现场，仅用 2 小时就完成了复电。

2 月 10 日上午，姜堰公司"繁星花"共产党员服务队队员马涛来到金宝来公司现场走访、服务，负责人陈绍官喜出望外，他对马涛说："我们刚在网上提交申请，还在制订生产计划，你们就来复电啦。"

1 月底以来，姜堰供电公司全面梳理暂停用电企业名单，迅速获取客户最新需求，为 96 家企业办理了暂停延期。对企业提出的复电申请，快速响应，简化流程，实行"全线上一站式服务"，做到当日申请、当日办结。

此外，公司主动落实临时性电价扶持政策，全体客户经理紧急加班，通过电话、微信等方式，一户一策指导企业选择合理的停用期限，帮客户省钱省心。截至 2 月 11 日，共为 109 家企业节省基本电费支出 103.9 万元。

在做好供电保障的同时，姜堰供电公司还为医疗机构、集中隔离场所等疫情防控重点单位、重要防疫物资生产企业开辟业扩绿色通道，实施零上门、零审批、零投资的"三零"服务。1 月 23 日以来，已经为 1 所医院、29 个防控检查点提供了特快电力服务。

进入 2 月，企业的复工复产逐渐进入正规。复工复产的首要生产要素就是电力保障的正常化。企业的需求就是命令，可靠保障就是责任。姜堰供电公司开启与时间赛跑模式，加强对复工复产企业开工前供电设备的巡检力度，及时发现隐患，消除隐患，为企业顺利复工蹚平道路。

2月4日复工生产的江苏泰达纺织有限公司，是姜堰区的纺织龙头，也是防疫重要物资口罩的原材料生产重点企业。复工前两天，"繁星花"共产党服务队队员张书华，就对企业配电房、变压器、线路等进行了重点排查，为客户量身定制了战"疫"期间保电方案和应急处置预案。

此外，"繁星花"共产党员服务队主动对接康健医疗、苏中药业等8家防疫物资生产企业，落实"一对一"专属保障方案，提供24小时即时响应服务，对涉及防疫重要客户供电的5个变电站、8条输电线路和10条配电线路，每天早晚各进行一次特巡，采用无人机巡检、红外测温、局放检测等手段，精确诊断线路状况。1月24日以来，通过各种巡检手段发现并处理鸟害危险源57处，阻止燃放孔明灯3处，劝阻线下钓鱼2处，辖区内未发生一起10千伏及以上线路故障，为企业复工复产提供了强有力的保障。

在举国战"疫"的特殊背景下，企业的复工复产也要遵纪守法，服从上级部门的统一调度和安排，可是，就有个别企业因为复工心切，不管不顾地偷偷提前复工复产。

2月8日下午，在姜堰区的一家食品加工企业内，区疫情防控工作人员正在实施现场检查，技术人员通过现场勘察和研判，断定该企业已经提前复工。之所以能够迅速锁定违规复工企业，得益于姜堰电力公司开展的企业电量大数据分析。

自 1 月 29 日起，姜堰电力公司每日对全区 3204 家企业日用电数据进行分析，建立计算模型，设定触发条件，动态监测、直观反映企业复工复产情况，为政府指导企业有序复工提供数据支撑。

"我们通过对企业近期的用电量、功率曲线、光伏发电量、上网电量等数据开展分析，参考正常生产用电量，设定波动阈值，筛选疑似违规私自复工企业，上报区工信局。"公司副总经理栾忠飞介绍说，"同时，我们还为已复工企业提供综合用能服务，提出改进建议，切实降低企业用电成本。"

江苏曙光压力容器有限公司是政府同意的第一批复工企业，2 月 10 日恢复用电。2 月 12 日，姜堰电力公司立即行动，为客户送上了新鲜出炉的用能诊断报告。结合该企业历史电费数据，建议该客户及时改为按需量计费并调整主要生产负荷分布。

截至 2 月 12 日，姜堰电力公司配合区疫情防控工作组，核查了 15 户疑似复工企业，发现违规复工企业 10 家，配合执行停电 2 家。此外，还免费为 7 户企业提供了用能诊断服务。

战"疫"仍在继续，无论是助力企业复工复产，还是全力保障民生用电，姜堰电力都一直坚守"人民电业为人民"的初心。他们制定出 10 项措施，支持合法复工的企业尽快进入生产状态。

1. 全力确保电网安全稳定运行

科学安排电网运行方式，开展隐患风险排查，梳理涉及疫情防控企事业单位、政府机关和新闻媒体单位的供电方式，制定保电预案，确保安全可靠供电。电网运行监控人员实施分组隔离值班和应急备班制度，确保疫情影响最小化和极端情况下可靠供电。强化重要变电站、重要设备、重要通道安全保障，应用远程监控、无人机、站房巡检机器人等智能运检手段开展"无接触"式特巡，及时发现设备隐患，保障电网安全稳定运行。科学引导新能源健康有序发展，确保新能源100%消纳。

2. 全力保障疫情防控重点单位电力供应。

开展重点客户供电设施隐患排查，针对全区各定点医院、发热门诊、隔离观察点、防疫物资生产企业以及区委区政府、疾控中心、卫计委等重要用户所在线路制定"一线一案"，采取通道快巡、定点特巡、带电检测、不停电消缺相结合方式，确保电力供应万无一失。提升疫情防控应急处置能力，应急抢修人员24小时待命，应对突发情况。

3. 全力推出民生关爱和重点企业护航服务

疫情防控期间，居民用电客户欠费不停电，疫情防控涉及企业欠费不停电。建立"十个一"用电服务机制，"一个工业园区、一支突击队伍；一家复工企业、一名客户经理；一个城市社区、一名社区经理；一个行政村（组）、一名台区经理；一个检查卡口、一名供电专员"，对口提供用电保障。主动融入社区网格治理，全区社区经理、台区经理全天候提供电力服务。应急抢修队伍24小时待命，13个营业厅、7个抢修点全部在岗，尽可能采取不停电方式处置设备缺陷隐患，做到"先复电、后抢修"。

4. 全力支持疫情防控重点单位接电

对疫情防控物资生产企业、医疗机构、集中隔离场所等疫情防控重点单位用电需求，实施线上报装零上门、绿色通道免审批服务。为全区防疫检查卡口及时接电，确保检查卡口正常运转。对疫情防控直接服务的医疗等场所新建、扩建用电需求，免收高可靠性供电费。

5. 全面推行报装接电"特快电力"服务

高低压业扩平均接电时间降至 35 个和 5 个工作日内。推行个人客户"零证"、企业客户"一证"办电，促进客户快速接电、快速投产。

6. 全力扶持企业"降本"

疫情防控期间，基本电费计费方式调整为按月变更，当月生效。按需量计算基本电费客户暂停期间免收基本电费。疫情防控企业需量计费超过 105%不加收基本电费，降低疫情防控企业短期扩产用电成本。企业暂停、恢复变压器取消"提前 5 个工作日和不少于 15 天申请"的规定，方便客户灵活调整生产计划。做好复工复产企业服务，对暂停后的恢复用电申请，实行"当日申请、当日办结"。推广"电 e 贷"业务，为用电客户提供低成本融资服务，缓解中小微企业资金压力。

7. 全面提供居民安心无忧服务

推广应用"网上国网"APP，开辟线上办理用电渠道，节约办电时间，实现"不见面"办理。供电营业场所每天 2 次全厅消毒，自助服务终端、便民物品等"不间断"消毒，保障办电无忧。与社区开展联防联控，临厅客户主动测温，异常客户及时报送政府部门，监控网络不留盲区。

8. 全力支撑政府决策

运用大数据技术，加强企业日用电情况监测，研判复工复产情况，准确反映社会经济运行状态，助力政府精准决策。针对异常产能客户，细致排查违规复工情况，为疫情防控部门提供数据支撑。

9. 全面推进年度重点工程

做好年度综合计划分解，推动新建项目尽早建项，确保疫情缓解后重点工程第一时间现场开工。110千伏蒋垛输变电工程力争2月29日前复工，其余在建工程分批有序开展。及时调整生产计划和停电计划，开展项目线上评审与批复，确保工程有序开工，提升重点园区、企业的供电保障能力，满足转段后社会经济恢复发展的供电需求。

10. 全面提速物资供应

针对电网抢修、疫情项目建设等急需物资，取消线下办理程序，所有手续线上流转，提高物资出库效率。建立物资需求预测协调机制，跟踪主网和配农网物资供应商的备料、复工、排产调整等生产情况，及时掌握疫情对物资交付产生的影响，支撑复工后物资需求。

3月17日，公司总经理姚维俊率队，走访姜堰区现代科技产业园区和相关企业，主动了解对接园区项目和企业生产需求，推进电力营商环境持续优化。公司四级职员金保华、副总经理栾忠飞陪同走访。

姚维俊详细了解了现代科技产业园区近期招商引资、产业规划、项目入驻情况，听取园区对电力中长期规划及建设建议，倾听园区管委会对电力供应与服务工作的意见和建议，对园区和项目、企业用电存在的问题给予了详细解答。他表示，近年来供电公司与园区双方精诚合作、紧密配合，解决了很多项目中存在的问题，在电力建设中也得到了园区的大力支持，双方在工作、交流中建立了畅通机制，结下了深厚友谊，共同为服务园区、企业和地方经济发展做出了努力。下阶段，供电公司将继续围绕园区经济发展提供电力保障，双方将开展全面、深度、精准合作。

在江苏华脉光电科技有限公司企业，姚维俊一行参观了该公司生产线，与企业负责人深入交流，详细了解企业的复工生产用电需求情况。

在姜堰供电公司的配合支持下，该公司一期生产已于2019年正式上线生产，完成年产值2亿人民币。2020年将完成二期生产线的投运，预计完成年产值5亿人民币，前景向好。企业负责人代表公司感谢区供电公司一直以来的大力支持和帮助。

3月18日，区供电公司党委书记王锁扣来到姜堰经济开发区和江苏神王集团，了解对接项目需求，推进电力营商环境持续优化。公司副总经理戴亮、蒋彪陪同走访。

王锁扣介绍了公司在疫情期间的电力保障等方面的工作进展，表示将贯彻落实国网公司关于阶段性降低企业与用电成本的政策，持续为经济发展保驾护航。公司将一如既往加大与园区的沟通联系，加强精诚、精准合作；一鼓作气解决园区和企业当下面临的用电难题，尽快明确解决方案为项目落户投产提供强力保障；一马当先助力园区长远发展，加强规划衔接、加大线路布点，为园区发展积蓄后劲。

在江苏神王集团，王锁扣参观了该公司生产线，详细了解企业的复工生产用电需求情况。

区供电公司作为能源企业中最早、最主动、最及时告知并落实疫情期间临时性扶持政策的单位，为该企业节约电费成本支出十多万元。接下来，双方将在企业用电设备代维、能源托管以及综合能效利用提升等方面开展深度合作，共同助力企业发展、地方经济发展。

中来光电科技有限公司是 N 型单晶硅双面高效太阳能电池研发生产的高新技术企业，年用电量超过 1.5 亿千瓦时，电费是企业成本支出的"大头"。而为中来光电带来 240 万元降本红利的，正是刚刚发布的阶段性降低用电成本政策。

2 月 22 日，国家电网公司贯彻国家阶段性降低用电成本政策，出台了八项举措。姜堰供电公司快速响应，推动政策举措落地。2 月 24 日，国网泰州市姜堰供电公司工作人员为中来光电科技有限公司送上了一份预计减少电费的测算清单。清单显示，中来光电科技有限公司在 2020 年 2 月至 6 月，预计将减少电费支出 240 万元。

由于这项惠企措施的实施，预计在 2 月至 6 月，将为姜堰

1400 多家企业节省电费支出约 3700 万元。其中，减免非高耗能大工业企业电费的 5%，惠及电力客户超过 600 户，减少客户电费支出约 2300 万元。减免非高耗能一般工商业企业电费的 5%，惠及电力客户超过 4.4 万户，减少客户电费支出约 1000 万元。同时，通过实施延长"支持性两部制电价政策"执行期限等政策，惠及电力客户超过 600 户，减少客户电费支出约 400 万元。

此次推出的阶段性举措，执行时间自 2 月 1 日至 6 月 30 日，将直接有效缓解企业经营压力，助力企业复工复产，对稳定社会经济预期具有重大意义。中来光电的相关负责人陈华表示，目前企业生产正逢上升期，这次的政策帮助企业缓解成本压力，带来了实实在在的优惠。

利好传来，在姜堰大中小型企业中引起了积极而强烈的反响，切实的普惠举措给全力恢复中的社会生产提振了信心。目前，姜堰供电公司通过营业大厅、微信平台、当地媒体等渠道主动宣传阶段性降低用电成本政策，确保客户应知尽知。此外，该公司还通过线上线下多渠道优化营商环境，为企业提供用能服务，助力全社会复工复产。

哪里有危险，哪里有困难，哪里就一定有党旗飘扬，一定有党员奋勇当先。在战"疫"保电，助力企业复工复产，保障人民群众生活安定以及疫情防控顺畅进行的关键时刻，姜堰供电公司党委向全体党员发出了号召，要求全体党员行动起来，让党旗在疫情防控一线高高飘扬，党徽在最关键、最困难的岗位上熠熠闪光。这份倡议书得到了"繁星花"共产党员服务队全体成员以及公司的党员干部一致拥护和响应，人们读了党委的号召之后个个热血沸腾，信心倍增，更加有力地投入战"疫"之中。

我们一起来学习一遍这份倡议书——

全体党员行动起来，让党徽在
疫情防控和迎峰度夏保供电一线熠熠闪光

（姜堰供电公司党委）

公司各级党组织、全体党员、广大青年团员们：

当前，疫情防控战役再次打响，迎峰度夏进入关键时刻。为深入贯彻上级党委号召和公司党委部署，充分发挥基层党组织战斗堡垒作用和党员先锋模范作用，全力做好疫情防控和迎峰度夏电力保障工作，现号召公司各级党组织、全体党员、广大青年行动起来，发扬和保持姜堰供电人勇于牺牲、甘于奉献、敢打硬仗、能打胜仗的优良传统和作风，主动作为、勇于担当，全面打响疫情防控和迎峰度夏攻坚战。

公司各级基层党组织是疫情防控和迎峰度夏保供电的"主心骨"，要坚守战斗前沿、筑牢战斗堡垒，团结和带领广大党员逆行抗疫战线，坚守保电一线。要积极响应政府号召组织党员在第一时间到社区报到，教育和引导党员在疫情防控中亮身份、亮承诺、亮形象。"繁星花"共产党员服务队要发扬不怕困难、连续作战的作风，站在疫情防控的最前沿，真正让党旗在防控一线高高飘扬，让供电初心在急难险重中熠熠生辉。

要紧盯迎峰度夏保供电深入群众，走进社区，了解防控用电需求，听取群众用电诉求，全力做好电力抢修、线路维护和电力保障供应工作，真正让"电网铁军""姜电铁军"的供电形象，在万家灯火中擦亮。

公司全体党员是疫情防控和迎峰度夏保供电的"先锋队"，要勇立抗疫潮头，勇当保电先锋，始终与全区人民风雨同舟抗疫情、不畏艰难保供电。要听从党的召唤、服从组织安排，主动到疫情最需要、群众最期盼、条件最艰苦的地方去值守、去宣传，切实让"哪里有需求，就到哪里去"成为姜堰供电党员最响亮的口号。

要铭记供电初心、不畏保电劳苦。快速到保电最重要、用电最集中、任务最艰巨的场所履职尽责、主动担当，切实让"我是党员我先上"成为姜堰供电党员最鲜明的特质。

公司广大青年是疫情防控和迎峰度夏保供电的"生力军"，要凝聚青春智慧、贡献青春力量，切实把前沿一线作为干事创业的主战场、建功立业的练兵场。要发扬"党有号召、团有行动"的光荣传统，主动请缨、志愿报名，积极参与卡口值守、社区服务等抗疫活动，努力谱写"青春心向党、芳华献人民"的新篇章。

要牢固确立全局意识和大局观，立足特殊时刻多干事、非常时期干实事，切实为公司迎峰度夏保供电做出自我牺牲，提供工作保障。

　　疫情就是命令，保电就是使命。让我们在地方党委政府和上级公司的正确领导下，万众一心、众志成城，冲在防控第一线，站列保电最前沿，让党徽在疫情防控和迎峰度夏保供电一线熠熠闪光。

　　党委有号召，党员有响应，广大青年团员也不甘落后，积极响应党的召唤，让青春在奉献祖国建设事业、打赢疫情防控战中熠熠闪光。劳模、党员、青年突击队、各级党组织的带头人……所有"繁星花"队员都在一声嘹亮的冲锋号声中，在党旗团旗的猎猎飘扬中，出征了！

　　丁零零，丁零零，丁零零……

　　4月27日22时27分，紧张寂静的调控分中心响起急促的电话铃声……

　　时间：4月27日22时27分

　　调控运行青年突击队队员陆凯接到市调通知，高庄变220千伏正、副母线全部停电工作已结束，110千伏运方已恢复，35千伏可恢复正常运行。

　　时间：4月28日1时

　　变电运维青年突击队4个操作小组汇报：110千伏太宇变操作结束，110千伏备自投、10千伏备自投已启用，备自投装置充电正常；110千伏运粮变操作结束，110千伏备自投、10千伏备自投已启用，备自投装置充电正常……

　　2006年投运的220千伏高庄变电站位于大伦镇境内，是姜堰中心城区和姜堰南部多个110千伏和35千伏变电站的主供电源点，也是姜堰地区最重要的枢纽变电站。因长期运行及沙化地面导致水土流失，出现220千伏正母线构架发生倾斜的严重缺陷。处理缺陷需将高庄变全停，原有高庄变供电负荷全部转移至其他变电站，姜堰的电网将变得非常薄弱，风险等级极高。

继4月初220千伏高庄变第一次停电处理后，4月26—27日，220千伏高庄变迎来第二次全停，在公司220千伏高庄变全停应急指挥部的统筹协调下，公司选取调控运行班和变电运维班两个班组的青年骨干组建青年突击队，为220千伏高庄变第二次停电检修"保驾护航"，保障了用户正常用电。

调控运行青年突击队队员的主要工作，是对电网运行的调控和监督。队员们调取历年来的用电情况，对负荷进行精准预测，对各变电站的主变负载率、线路转供能力进行复核，经过多次计算并结合现场设备情况，制订出最为合理的转供方案。

队员们认真学习深入讨论。针对设备运转状况，研究制订每座涉及变电站的全停事故处理预案，并组织全体调控员，确保一旦发生异常情况，能够沉着应对，快速处理。

变电运维青年突击队的工作，是电网抢险和设施维护，队员们根据调度负荷调整方案和电网风险预警通知书进行周密布置，他们主动取消轮休，请缨参与操作和变电站特巡、红外测温等工作，从4月26日起分4个组根据调度指令进行涉及的13个站负荷调整操作工作，发现并处理缺陷1处，出动特巡累计13次，执行操作票60余份。

......

这，就是姜堰电力青年突击队的风采！

2021 年 3 月 26 日，姜堰区出现 1 例新冠肺炎确诊病例。为有效阻止疫情扩散，保障市民健康安全，姜堰区划定新冠肺炎疫情社会防控区域。姜堰公司"繁星花"共产党员服务队火速集结，对防控区域涉及的 5 条线路、17 个环网柜开展电力线路特殊巡视，全力做好居民供电保障工作。

3 月 28 日，姜堰公司"繁星花"共产党员服务队队员对封控区域供电涉及环网柜进行局放检测，这是姜堰公司积极配合政府防控工作，助力疫情防控的一个有力举措。

在泓润花园环网柜前，"繁星花"共产党员服务队队员对高压间隔进行局放检测，检查电缆仓是否存在放电现象，详细记录检测的数据，保证小区供电电源始终处于正常运行状态。

对封控区域及周边架空线路，"繁星花"共产党员服务队队员开展红外测温和无人机巡检，重点检查开关、刀闸、引线接头处是否存在发热，发现问题第一时间进行消缺处理，同时安排人员进行夜间值守，随时待命。

在防疫隔离检测点，"繁星花"共产党员服务队队员对检测点的照明设备，电源插座进行了仔细检查，整理原本排布杂乱的低压线路，消除存在的安全隐患，有力保障了隔离检测点工作的开展。

"繁星花"队员全员出动，不间断地加强对封控区域内线路设备运行的监视，密切关注负荷变化、智能终端运行情况，及时处理放电、发热等异常和设备缺陷，确保疫情防控期间供电可靠、居民用电无忧。

紧张的工作节奏，繁忙的一天又一天，时间过得真快。倏忽之间，人间已经是芳菲满目，绿草无边了。每年的 3 月 5 日——全国学雷锋日，"繁星花"都组织"学雷锋"活动，2021 年的"学雷锋"日虽然在疫情防控期间，但队员们跟往年一样，依然继续开展"学习雷锋好榜样"的活动。

1963 年 3 月 5 日，毛主席在《人民日报》上发表为雷锋的题词，号召大家"向雷锋同志学习"。

雷锋，一个闪光的名字，从此影响了一代一代中国人。

为弘扬雷锋精神，姜堰供电公司的"繁星花"在 3 月 5 日来临之际，开展了"送温暖，送真情，保平安，保春耕"活动。学的是精神，见的是行动：

"婷婷，奶奶，你们要勤洗手，外出的话一定要戴好口罩。生活上、学习上如果有什么困难，可以联系我们，我们能帮忙的肯定帮忙。""繁星花"队员对小婷婷和祖奶奶嘱托道。

3 月 4 日，姜堰供电公司"繁星花"队员们带着防疫物资和学习用品来到娄庄镇放牛村看望这个特殊的孩子——孙婷婷。婷婷 15 岁，上初二，和 90 岁的曾祖奶奶一起生活，祖孙二人挤在一间面积不足 20 平方米的低矮房子里。疫情袭来，学校停课、线上教学无疑给这个家庭带来不小的冲击。

　　婷婷家可以用来上课的电子设备只有一部手机，因家中未接入互联网，所以上网课也成了一大问题，因此小婷婷只有通过有限的流量上网课，学习新学期的内容。看到困境中依旧如此积极向上的小婷婷，队员们纷纷化身"小老师"为小婷婷指导防疫常识，并辅导婷婷在功课上遇到的诸多疑问。队员们鼓励她要好好学习，乐观向上，用勇气和信心战胜生活上的困难。

　　婷婷表示，自己一定会勤奋学习，以后自己长大了，也要像"小老师"们一样，学雷锋，献爱心，帮助那些需要帮助的人。

　　同日，姜堰供电公司"繁星花"队员们带着牛奶，八宝粥，玩具等慰问品，来到宋美云家中看望她的两个小女儿。

　　34 岁的宋美云是姜堰中医院重症医学科副护士长，疫情暴发后，她主动请战支援湖北，并被国家队选中至采样组，每天负责采集几十个咽拭子，被感染风险极高。因表现突出，2 月 29 日，宋美云在武汉方舱医院抗疫一线入党。离开家最令她牵挂的就是两个年幼女儿，一个 7 岁，一个只有 5 岁，正是需要妈妈陪伴的时候。

　　"繁星花"服务队得知这一情况后，希望能尽自己的一臂之力，帮助她解决后顾之忧，让她能够在前线安心战"疫"，便来到宋美云家中看望陪伴她的女儿，并为她家里检查用电线路。

　　"宝宝，你们在家要听话哦，妈妈很快就能回家陪你们啦。""繁星花"队员们对宋美云的两个女儿说道。

　　两个小女孩本就是天真烂漫的年纪，十分活泼可爱。看到

"繁星花"共产党员服务队队员们过来看望她们,便像小鸟似的围着小哥哥小姐姐们叽叽喳喳地说个不停。队员们陪着两个小女孩做游戏、玩玩具,气氛十分融洽。宋美云的大女儿薛筱语还向队员们展示了自己和妹妹的画作,画上画着一线战"疫"的母亲,写着"武汉加油!妈妈加油",筱语表示,长大后也要像妈妈一样当一个白衣天使,去帮助生病的人。

3月,是播种的季节。一年之计在于春,正当"繁星花"开展"学雷锋"活动之时,也进入了春耕农时、田间管理的关键时期。"中国好人""繁星花"服务队队员张卫东深入田间地头,为春耕生产保电,做到疫情防控不放松,春耕备耕不误农时,持续促进农业增效、农民增收。

3月5日上午,张卫东来到溱潼镇龙港村,走访农户,巡查种植户大棚用电的基本情况,帮助大棚农户详细检查大棚窖水水泵的安全。

"我们主要是帮助农户检查线路,主要是电机水泵和农业打水这一类,确保农户不断电、好生产。"张卫东边检查接线边说道。

除了"中国好人"张卫东之外,其他的"繁星花"共产党员服务队队员也深入田间地头,为春耕生产保电,确保防疫期间和春耕春灌期间的安全用电两不误而奔波。

3月30日,"繁星花"共产党员服务队积极对接姜堰区农村农业局,了解姜堰区重点农业企业、蔬菜生产基地生产情况,主动靠前服务，为"菜篮子""米袋子"产品生产供应，提供可靠的电力保障。

3月31日9时，"繁星花"共产党员服务队走进沈高镇吴国贵大棚蔬菜种植基地，该基地位于双星村，种植面积20亩，主要种植西红柿、丝瓜、茄子、莴苣等蔬菜，疫情期间定点供应南京、常州等地商超。"繁星花"对大棚内外涉及的供电线路进行了仔细检查，确保蔬菜灌溉保湿用电，助力蔬菜正常出棚。

3月31日10时，"繁星花"共产党员服务队来到刘爱和农场，检查用电情况，帮助解决用电方面遇到的问题。刘爱和农场有农田1200亩，农场内建有烘干机、碾米机等设备，每小时出米量为1000公斤，供应姜堰区中小学食堂。"繁星花"共产党员服务队队员仔细检查了农场内配电柜设备，确保碾米机等机器正常出米，保证疫情期间的市场供应。

"繁星花"队员们奔走在田间地头，大棚和线塔之间，不畏辛苦，服务农耕，为的是确保疫情防控期间"菜篮子""米袋子"产得稳、供得足。

这，是他们为战"疫"胜利做出的另外一种贡献。

这，是他们英勇战"疫"的另一种姿势。

……

2022年的春天来了。姜堰的大地上，春依旧，疫依旧，防疫依旧，生产依旧。经过两年的战"疫"斗争，人们取得了胜利，也取得了跟疫情作斗争的基本经验——一边防疫，一边生产。人们更加乐观，更加科学谨慎，更加对前途充满信心。姜堰人民和姜堰"繁星花"，沐浴着 2022 年春天的风，沉浸在欢欣鼓舞之中。

再过几个月，江苏省第二十届省运会将在姜堰这片热土上，吹响发令号，打响发令枪。此前，为了保证江苏省第二十届省运会的顺利开幕，他们做了很多烦琐而艰难的工作。此刻，他们还在为保障省运会而忙碌——直到盛会结束，他们都闲不下来。

当温暖的夜风吹着一望无际的繁星花摇曳星辉的时候，姜堰很多人——这些往昔"繁星花"服务的客户们，恍恍惚惚看到一个个熟悉的背影，在花海星辉里慢慢地走成一堵人墙，一群坚定纯洁的布尔什维克的群像！那么高大，美丽，雄壮！那么亲和，熟悉，温厚。他们在春天的夜幕下匆匆而来，匆匆而去，越走越远，与远天的星辉和遍野的繁星花融为一体，幻化成最美丽的人间风景。

2022 年 5 月 29 日　星期日

附 录

省级以上媒体对"繁星花"的报道

新 闻 集 萃

江苏姜堰电力"一对一"服务
助力乡镇经济

　　"多亏了你们设计的用电方案，每个月能省电费 1.8 万元，这样的用电方案省钱，我们投资得起。"前不久，看着忙碌的国家电网泰州市姜堰区供电公司的共产党员服务队队员们，江苏省泰州市大伦镇申扬村村主任申为民激动地说。

　　原来，申扬村的一位村民在外打工期间帮村里谈了一个螺丝加工项目，可以解决村里 68 户村民的就业问题。但村里担心办厂电力方面投资大、电费成本高，经济能力跟不上。姜堰区供电公司在"新农村建设用电需求"专题走访时得知后，组织 10 多名生产技术人员来到申扬村现场勘查、设计。根据办厂的投资规模和生产规模，提供了一个最优的用电方案。

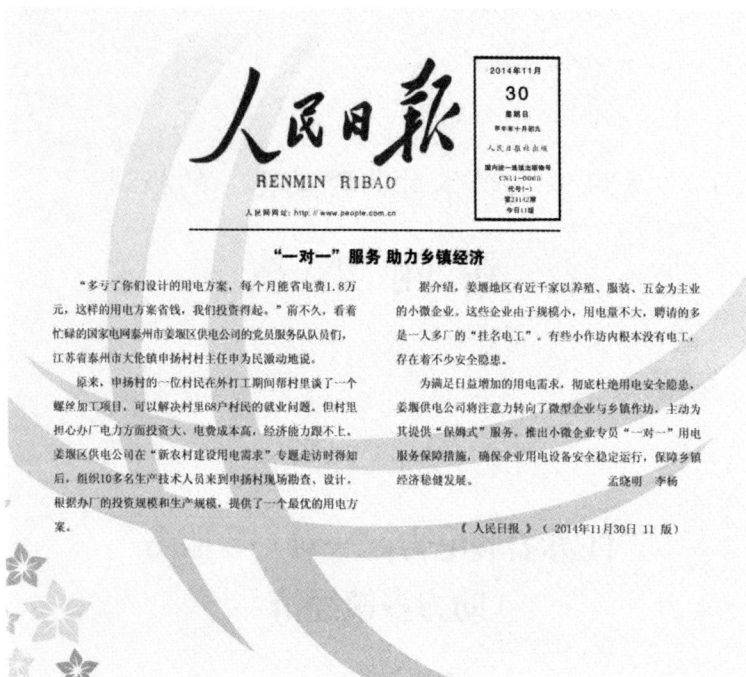

据介绍，姜堰地区有近千家以养殖、服装、五金为主业的小微企业。这些企业由于规模小，用电量不大，聘请的多是一人多厂的"挂名电工"。有些小作坊内根本没有电工，存在着不少安全隐患。

为满足日益增加的用电需求，彻底杜绝用电安全隐患，姜堰供电公司将注意力转向了微型企业与乡镇作坊，主动为其提供"保姆式"服务。推出小微企业专员"一对一"用电服务保障措施，确保企业用电设备安全稳定运行，保障乡镇经济稳健发展。

2014年11月30日发表于《人民日报》11版

江苏姜堰"繁星花"共产党员服务队做贴心人办贴心事

近年来，国网泰州市姜堰区供电公司充分发挥党建"龙头"引领作用，以打造"繁星花"共产党员服务队为载体，抓党务、促业务、强服务，着力推动"三务"深度融合、同频共振，为服务地方经济、服务民生发展做出了积极贡献。

◎党员先锋行动在前　活跃乡间温暖堰城

2019 年 5 月，泰州市姜堰区供电公司溱潼供电所的张卫东成为姜堰第 13 位、泰州供电系统第一位"中国好人"。他是泰州市姜堰区供电公司"繁星花"共产党员服务队的一员，也是姜堰区溱湖麻风病医院的"义务电工"。41 年来，张卫东始终坚持"人民电业为人民"的宗旨，为院区义务修电，累计服务麻风病患者 2000 多人次。

6 月 18 日，由泰州市委宣传部、泰州市文明办主办，泰州供电公司和泰州市姜堰区供电公司共同承办的"中国好人"张卫东发布会，在泰州市姜堰区文体中心成功举办。

此次发布会分为"人生信条""永久牌自行车""爱如电""好人就在身边"4 个篇章，与会人员共同观看了微视频《向"风"

而行》、电视散文《永久牌自行车》和纪录片《好人寻访》，聆听现场讲述《好人·卫东》的故事，并合唱《繁星花之歌》。

◎"服务菜单"送上门　便民服务"零距离"

"菜单式"服务是"繁星花"共产党员服务队开展的一项便民服务，通过菜单服务模式提供"移动营业厅"、线路检修、漏电保护器维护等个性化服务。

近年来，"繁星花"共产党员服务队通过推出"点式服务""菜单服务""五行服务"等群众看得见、摸得着的系列服务，在姜堰区积极开展抢险救灾、志愿帮扶、奉献爱心等活动。团队先后获得国家电网优秀共产党员服务队、江苏电力金牌共产党员服务队、"服务地方建设十佳单位"、"服务地方经济发展特别贡献奖"、"泰州市学雷锋活动示范点"等荣誉称号。

今年5月，姜堰区供电公司携手姜堰区教育局，为全区102所学校"把脉"安全用电，通过"行走的课堂""用电安全宣讲进校园"等多种形式走进学校，开展安全用电知识宣传，提高学生安全用电意识。在寒、暑假期间，姜堰区供电公司对校园的教学楼、办公楼、实验楼的用电设施和校园内的配电房进行大检查。守护青少年的平安与健康，是社会各界的责任与使命。姜堰区供电公司将继续大力支持校园安全用电工作，努力为校园营造良好的用电环境。

多年来，"繁星花"共产党员服务队先后开展了"爱心父母"亲情服务、春风夏凉秋韵冬暖"四季服务"、"先锋社区行"志愿服务等活动,走进全区 19 个"青少年之家"开展电力安全宣讲 60 余场次,专题辅导青少年近 700 名。

◎基层党建凝心聚力 "繁星花"开别样红

"繁星花"共产党员服务队是姜堰区供电公司党委近年来精心打造的党建工作品牌,队员来自营销、运检、农电三个基层党组织。以"繁星花"冠名共产党员服务队,源于繁星花自成一体、又合一簇的绽放形态,寓意将队员凝聚在一起,形成一簇簇"繁星花"点亮堰城;学习繁星花耐旱、耐高温的生长特性,培育队员不畏艰难、勇于挑战的意志品质。

姜堰区供电公司通过打造"繁星花"党建工作品牌,进一步凝聚基层支部的力量,使小支部发挥大作用,既有利于组织生活的开展,也有利于加强党员的教育、管理和监督。同时,融党建工作、民生服务于一体,扎实提升党员为群众办实事的意识和本领,向居民送出贴心服务。目前,"繁星花"共产党员服务队已成为国网系统中一道亮丽的风景线。

"繁星花"党建工作品牌要持续闪耀,就要不断赋予"繁星花"新的服务内涵。为此,姜堰区供电公司党委创新出台了 15 项举措,全方位延伸服务触角,优化电力营商环境,力争实现"只进一扇门""最多跑一次",畅通服务群众"最后一公里"。

2019 年 6 月 28 日发表于《人民日报》

国家电网江苏电力"繁星花"
共产党员服务队在为民服务一线绽放

国家电网江苏电力"繁星花"共产党员服务队成立于 2011 年。10 年来,这支服务队承担了江苏省泰州市姜堰区 2500 家用电企业和 79.4 万城乡居民生产生活用电的保障任务,走访企业、社区、乡村 583 次,为居民、特殊群体解决用电问题 1631 件。服务队先后获得国家电网百支优秀共产党员服务队、江苏电力金牌共产党员服务队、"泰州市学雷锋活动示范点"等荣誉称号,队员张卫东荣获"中国好人"称号。

◎ "服务菜单"让服务看得见、摸得着

近年来,"繁星花"共产党员服务队通过推出"点式服务""菜单服务""五行服务"等群众看得见、摸得着的系列服务,在姜堰区积极开展抢险救灾、志愿帮扶、奉献爱心等活动。

今年 3 月,"繁星花"共产党员服务队在主动走访时了解到,一些医院厨房由于建设时间较早,电气配套设施已老旧,线路也已无法满足用电需求。国网泰州市姜堰区供电公司高度重视、层层落实,并借此机会大力推广高效、绿色、节能的电气化厨房,迅速组织相关部门到医院进行现场查勘,为医院量身定制变压器增容、低压线路、厨房内部线路改造方案,为医院节省成

本 2 万余元。

◎26 项措施让百姓用上"舒心电"

国网泰州市姜堰区供电公司"特殊供养对象室内线路改造"专项行动始于今年 5 月上旬,以民政部门提供的特殊供养人群、低保户等人员名单为依据,挨家挨户现场调研走访,并根据困难群众的用电现状和改造需求,以经济、实用、易维护为原则,为他们量身定制改造方案,确保符合他们的生活习惯。这一行动切实解决了困难群众家庭住房用电线路老化等问题,让困难群众享受到国家用电优惠政策的同时用上"放心电""舒心电"。

此外,国网泰州市姜堰区供电公司"我为群众办实事"启动青少年"护苗"行动、新能源"普惠"行动、老小区"特服"行动、特困户"援助"行动、堰归来"暖流"行动、星连心"便民"行动、电之情"拥军"行动、创业电"特快"行动八项行动,落实 26 项服务措施。

◎聚焦三个重点把服务做实、做细

为了把服务做实、做细,"繁星花"共产党员服务队聚焦三个重点,成立 3 支服务分队。聚焦"双碳"目标、乡村振兴、长江经济带发展等国家战略和姜堰区委区政府"工业强区、旅游兴区、教育立区"发展战略,成立政治服务分队;聚焦高效及时的抢修服务、优质多元的营销服务和创造价值的增值服务，成立民生服务分队；聚焦用电隐患排查、优化用电指导等便民利民举措和走访慰问、爱心奉献、扶弱助困等公益性服务，成立志愿服务分队。

同时，搭建三大平台、完善3个机制。搭建与街道、村镇、企业挂钩联系平台，完善"我为群众办实事"工作互动机制；搭建与民政、人社等部门的沟通协调平台，完善"我为群众办实事"工作联动机制；搭建与党员干部、广大群众等群体的座谈交流平台，完善"我为群众办实事"的工作评价机制。

2021年11月5日发表于《人民日报》第15版

孙婷婷过生日

2016年5月27日发表于《人民日报》

"繁星花"绽放希望之光

"繁星花"是什么？这是由国网江苏泰州市姜堰区供电公司共产党员组成的服务队，为留守儿童送去关爱。前不久，"繁星花"服务队被评为姜堰区的新人新事。

◎ "希望来吧"和孩子一起成长

"'希望来吧'里有电视、电脑、图书、体育器材……辅导室的老师辅导我学习，陪我聊天，谈理想和人生。逢年过节，老师还会送上礼物。在这里，我和别的小孩一起玩，过得开心、充实，感受到了第二个家的温暖。爸爸，你不要牵挂我，要好好改造，争取早点回家和我团聚。"这是姜堰区大伦镇12岁的学生小华写给爸爸的信。

4年前，小华的爸爸失手打人，致人重伤，被判8年有期徒刑。从此，小华妈妈离家出走，杳无音信。小华只好跟年迈的爷爷奶奶一起生活。

2010年初，"繁星花"队员袁莉在走访中发现，留守儿童、外来务工子女生活学习条件差，普遍缺少关爱。此后，公司团委发起了倡议，鼓励"繁星花"队员走进农村，结对帮扶留守儿童，用青春和激情与农村留守儿童一起寻找快乐。

共产党员陈海风利用休息时间，带着礼物走进革命老区蒋垛镇，结对帮扶了两名留守儿童。陈海风说，每年，他都到孩子的家里去几次，寒暑假时，还把孩子接到自己家里来过几天，他跟孩子交谈时发现，孩子们不仅需要物品，更需要精神上的快乐。"他们渴望走出家里，感受外面的精彩世界。"

孩子们的心愿是"繁星花"努力的目标。今年初，姜堰供电公司腾出宽敞的房间，购置了电脑、玩具、学习用品、健身器材等，建立了姜堰首家留守儿童"希望来吧"。

今年暑假，26 名留守儿童走进"希望来吧"。18 名党员志愿者们排成值班表，轮番辅导孩子学习，陪孩子聊天做游戏。姜堰张甸镇 11 岁的留守儿童谭欣琪，父母都在浙江打工，与爷爷、奶奶一起生活。谭欣琪说，以前每逢假期，他就感到孤独，想爸爸、妈妈。自从"供电叔叔"带他走进了"希望来吧"，就不再孤独了。

◎"繁星花"点亮孩子希望

"叔叔，阿姨，是你们点燃了我的希望之光，是你们给了我一个温暖的家。"今年中考，陈祥考了 682 分，以全校第二名的成绩考上了省级重点中学。"繁星花"的叔叔、阿姨们专门为陈祥举办了一个庆功派对，陈祥动情地说："是你们给了我挑战生活的勇气，是你们给了我第二个家。"

原来，陈祥家庭困难，父亲离家出走，母亲患病，外公外婆又年龄偏大。上小学时遇到困难，时任大伦供电所所长的张立志无意中发现了这一情况，当即带着陈祥来到大伦小学，找到校长，为陈祥补缴了入学费用，这一缴就是 3 年。3 年后，因工作需要，张立志调离大伦供电所，交接工作时，新所长孙东升接下了这个爱心接力棒。这些年，供电人不但在经济上给予陈祥帮助，还关心陈祥的学习、生活情况。9 年来，大伦供电所的所长一届换了一届，帮扶陈祥的接力棒，一任交给下一任。

这样的事例还有很多。对姜堰的留守儿童来说，结对帮扶的"供电叔叔""供电妈妈"都是令人温暖的存在。

2015 年 9 月 13 日发表于《人民日报》

繁星花开在堰城

——国家电网江苏电力（姜堰繁星花）
共产党员服务队工作侧记

繁星花，又名五星花，数十朵聚生成团，具有耐旱、耐高温、花期持久的特性，象征着团结、抗压、奋进。国家电网江苏电力（姜堰繁星花）共产党员服务队自 2010 年 5 月成立以来，走访社区、乡村、企业 276 次，为居民解决用电难题 731 件，参与重大城建项目 132 个。队员袁莉获国家电网公司"优秀共产党员"称号，队员王吉如获评"江苏省电力行业技术能手"称号，队长吴丽莉获得"泰州市我最喜爱的共产党员"称号……他们如繁星花般紧抱成团，默默地点亮姜堰这座城市。

◎立足岗位团结奋进

"一个电话过去，他们很快就过来为我们 480 户居民完成了接户线、进户线改造工作，必须为这样的优质服务点赞。"7 月 12 日，一篇题为《为供电公司优质服务点赞》的消息在许多姜堰市民的朋友圈里流传，大家纷纷转载、留言点赞。

今年夏季持续高温，裕储巷的居民拨打 95598 反映电压偏低影响正常生活。吴丽莉得知这一情况后，立即联系配电工区，顶着烈日跑现场，实时跟进。短短一个星期，供电公司就为 480 户居民完成了接户线、进户线改造工作，受到群众的一致好评。面对大家的赞扬，吴丽莉连连摆手说："我只是'繁星花'中最平凡的一朵，很多同志比我做得更好。"

中国中央电视台

CCTV

7月23日，国网江苏电力（姜堰繁星花）共产党员服务队来到姜堰俞垛镇叶甸村，主动帮助13个塘口新增200千伏安变压器一台，并将用电线路安全接到每个塘口，切实解决养殖户用电问题。（李杨）

2015 年 7 月 23 日播放于中央电视台第二频道

"这个岗位每时每刻都离不开人。"马贵良是电力调度中心的一名普通员工，他每天都全神贯注地观察电网参数的变化，第一时间受理故障报告，即时发出调度指令对故障进行处理。面对枯燥的数据，马贵良时刻保持着清醒的头脑，以"快、稳、准"的工作劲头，确保供电通畅，电网安全稳定运行。

刘峰已在供电岗位工作了 18 个年头。在从事生产工作期间，刘峰深夜在变电所调试仪器，凌晨在开关室抢修开关，夏天在烈日下巡视设备，冬天在雨雪中施放线路；从事技术管理工作时，他多次被表彰为专业管理先进个人；在物资管理岗位上，他研制的仓储保洁小车解决了电力仓储大面积清扫问题，电缆管道清障工具解决了电缆管道探查、清障问题……

中国中央电视台

近日，江苏姜堰供电公司"繁星花"共产党员服务队走进溱东实验小学，开展安全用电"微课堂"主题教育活动，宣传和普及用电知识，同时将安全用电知识带回家庭，让孩子们在夏季远离安全用电隐患。　　　　陈海风 李 杨

2016 年 6 月 2 日播放于中央电视台十三频道

姜堰区供电公司 291 名共产党员紧紧团结在一起，互相学习、互相协作、互相勉励，如"繁星花"般花团锦簇，不断传播正能量，优质服务尽职尽责。

2013 年，姜堰区委区政府将老旧小区改造列入城市综合整治五年计划，老庄二村是首个整治改造的对象。为保障工程进度，确保居民用电安全，22 名施工人员分片划区，顶着烈日坚守施工现场。梳理线路，排找故障，调试电泵……工作服干了又湿、湿了又干，身上满是疹子，他们仍一丝不苟地作业。

近日，国网泰州市姜堰区供电公司"繁星花"共产党员服务队对泰州市俞垛镇"渔光互补"光伏发电站内的用电设施进行检查。
地处泰州市俞垛镇内的"渔光互补"光伏发电站利用水体进行水产养殖，进一步提高了水面资源利用效率。自2014年1月份建成投运后，已安全运行448天，累计发电778万千瓦时，相当于节省标煤约2178吨，减少排放二氧化碳1.5万吨，实现经济效益与生态效益的有机结合。　　　　李 畅

2016 年 6 月 2 日播放于中央电视台十三频道

2012 年 2 月，第二届"黄龙士双登杯"世界女子围棋擂台赛拉开战幕，中央电视台体育频道对比赛进行现场直播。为确保棋赛顺利进行，"繁星花"共产党员服务队组织 30 多名抢修人员全程巡视线路，特巡联络开关，用钳形电流表测量棋赛周边 8 台专变的负荷情况，在棋赛周边架设了 250 米临时电缆，安装了 2

个临时配电箱架设，安排了 90 千瓦发电车现场值守，随时为直播车提供用电需求。赛事期间，8 名抢修人员全程蹲点在棋赛周围现场保电，圆满完成了任务。

◎情系客户温人

"你们真不愧是共产党员，帮我们切实解决了生活和用电方面的问题。"看着门外崭新明亮的电灯，白米敬老院 92 岁的孤寡老人张大爷乐得合不拢嘴。2013 年 9 月 18 日上午，7 名"繁星花"队员来到白米敬老院，给老人们送去月饼、大米、色拉油等慰问品。队员们发现老人房间外的路灯不亮，晚上出去很不方便，5 名队员二话不说，义务换上了 7 盏全新的路灯，解决了老人夜间出行的照明需求。

"多亏了这簇美丽的'繁星花'，雨再大我们都不担心了。"张宏是俞垛镇叶甸村的一名养殖专业户，承包了 380 多亩鱼塘。叶甸村地处里下河地区，全村 300 多户农户大多以种植水稻蔬菜、养殖鱼虾为生。一到夏季汛期，村民们就为雨水满塘忧心不已。

6 月 29 日，天气预报显示姜堰地区将迎来连续 7 天的强降雨。服务队队员在排查中得知叶甸村排涝站配电容量较小、极易受灾的情况后，30 日一早就迅速赶到了现场为该村更换安装了变压器、抽水泵。望着阴沉沉的天空，听着抽水泵"哗哗"的响声，村民们松了一口气。繁星花开在堰城。国家电网江苏电力

（姜堰繁星花）共产党员服务队将继续发扬繁星花团结、抗压、奋进的精神，为客户安全用电保驾护航。

2015 年 8 月 5 日发表于《国家电网报》

把基层党建做实做细

11 月 4 日，江苏泰州市姜堰区供电公司营销部党支部的 14 名共产党员来到姜堰区沈高镇星联农基合作社，检查粮食烘干机的运行情况，确保合作社用电可靠。

今年，姜堰区供电公司党委以企业发展为导向，立足支部作为、党员建功，在 24 个党支部开展"筑垒树旗·服务发展"专项行动，加强党建与中心工作融合，助推企业更快更好发展。

◎ 实施"党建＋"工程融合发展促提升

10 月 20 日，姜堰区供电公司安监部党支部在该区 G328 南绕城快速化改造工程施工建设现场开设安全讲堂。党支部书记张立志结合现场情况，为工程施工建设临时党支部的党员讲解工程施工中的薄弱环节和注意事项。

在施工现场开展党员安全培训教育是该公司安监部党支部落实党建与业务融合要求、推进实施"党建＋"工程的一项重点工作。今年，该公司安监部党支部已在 18 个工程施工建设现场、14 个保电现场开设安全讲堂 30 多场次。

年初，姜堰区供电公司党委立足党建供给侧能力建设，围绕企业全年十项重大工程推进、八个优化电力营商环境服务项目实施、十二项生产经营指标提升等目标任务，组织党建部工作人员调研各支部党建与业务融合的相关情况。该公司党委细生产经营工作任务，量化各支部党建融合责任，确定了"党建＋"电网工程、人才培养、优质服务、安全生产等 18 份党建融合清单，明确每项党建融合事项的工作内容、要求和目标。

为实现党建工作与企业生产经营工作相融共促，姜堰区供电公司党委实施党建融合支部工作月度量化积分管理考核办法，按月考核、评比党支部党建融合工作情况，并对党建融合工作问责问效，督促党支部落实责任、担当作为。

◎ 柔性团队党员包保　细化服务排忧解难

10 月 27 日，天刚蒙蒙亮，姜堰区供电公司运检部党支部党员、优质服务柔性团队队员孙为军早早来到姜堰区罗塘街道花园小区，检查台变和线路，保障居民可靠用电。

今年，姜堰区供电公司党委根据各基层党支部业务特点，设立安全生产、优质服务、电网建设等专项柔性团队，把生产经营中一些重点难点工作交由柔性团队的党员包保，该公司党委先后组织柔性团队开展了"延劣天气保证小区安全供电""复杂环境保证安全施工""应对疫情影响保证供电量提升""施工作业较多保证供电可靠性"等主题攻关活动，累计解决客户用电难题 113个，提升与生产经营相关的指标 14 项。为深化柔性团队建设，姜堰区供电公司党委提出了"多一些思考、多一些奉献、多一些勤勉、多一些拼搏"的"四多"要求，以"党员业绩看台"的方式，每周公布各支部党员巡检现场安全、查纠安全违章、解决客户用电问题、解决生产技术难题等工作情况，引导党员在"筑垒树旗·服务发展"专项行动中创先争优。该公司党委以柔性团队的工作责任、标准为基本内容，每周发布活动简报，宣传党员创先争优的先进事迹，激发员工的工作积极性。

◎ 优化流程补齐短板　　加强党员思想教育

"党支部的'三会一课'要结合本部门生产经营工作有针对性地开展，每一次专题党课都要有明确的党建融合生产经营的学习主题，不能空洞，不能流于形式。"10 月 4 日，姜堰区供电公司"基层党建巩固提升年"领导小组走进顾高供电所党支部，对照基层党组织标准化作业指导书，对该所党支部党建工作提出建议。

今年，姜堰区供电公司党委落实"基层党建巩固提升年"各项工作要求，推进该公司党委和基层党支部标准化建设，促进党组织政治引领作用和党支部战斗医生作用发挥。建章立制、补齐短板、强化保障是姜堰区供电公司党委深化党建引领的重要内容。针对日常督导工作中发现的突出问题和薄弱环节，该公司党委优化党建工作流程，制定了"三本六盒一账"工作流程、党员发展管理流程，基层党支部"三会一课"考核流程、基层党组织阵地建设评价流程等14项流程制度。

为激发党员干部和基层员工干审创业的工作热情，该公司党委举办企业文化艺术节，用相声、小品、歌拜等形式宣传企业改革发展成果，该公司党委调研梳理员工思想动态，开展党的建设、作风建设、廉政建设等主题活动，组织党支部委员与党员一对一谈心，党委委员与支部书记一对一谈心，巩固党建基础。

2020年11月16日发表于《国家电网报》第6版

"互联网+电力"线上服务
让群众少跑腿5万次

疫情防控是守护人民的生命安全和身体健康，保电供电则是企业复工复产、农村备战春耕的"先手棋"。

江苏泰州市姜堰区供电公司总经理姚维俊说，两个都是"主战场"，必须同时打赢，决战决胜，既守"一方平安"，又保"万家灯火"，画好保电供电"同心圆"。

　　"与时间赛跑，与疫情抗争，与病魔较量，'繁星花'队员服务企业跑出'加速度'。"苏中药业集团董事长唐仁茂感慨地说。疫情期间，苏中药业集团根据上级部署和要求，必须开足马力生产抗病毒类药品，这就要供电人员提前入企调整线路。从正月初二开始，"繁星花"几名服务队员就沉入企业，查设备、排线路、除隐患，确保了正月初六企业全面复工，每日生产生脉注射液、清宣止咳颗粒、利巴韦林片等药品 700 件左右，全力保障疫情防控用药需求，尽最大努力协助各级机构控制新冠病毒的蔓延。姜堰区供电公司党委书记王锁扣说，因为疫情，今年春节，不少工作被迫按下"暂停键"，但"繁星花"服务队优质供电服务时刻保持在线。服务队积极引导用户使用"网上国网"APP 进行线上办电，保障民生用电。从除夕到 2 月 29 日，使用"网上国网"线上业务办理量 387 笔，电子渠道缴费 4.9 万笔，"互联网＋电力"线上服务累计减少群众跑腿 5 万次。

　　一段时间以来，该公司"繁星花"共产党员服务队的队员们，又身着志愿者红马夹，以"电保姆"的身份，走进田间地头，指导农户落实防疫措施的同时，拉网式排查用电线路，为春耕备耕保电护航，成为乡村一道亮丽的风景。该服务队成立 8 年多来，创新 20 多项特色服务。

　　　　　　　　　　　2020 年 3 月 7 日发表于《中国青年报》

优化营商环境　姜堰供电跑出"加速度"

近日，位于江苏省泰州市姜堰经济开发区的泰州中来光电科技新材料目成功送电，为后续工程顺利投产打好了电力基础，项目预计今年底完工，投产后预计可实现年纳税销售 80 元。

2020 年以来，国网泰州市姜堰区供电公司以"减流程、压时间、降成本、提质量"的用电举措全力支持各市场主体复工复产。自 2 月 5 日至今，除高能耗行业客户外，所有执行大工业电价，一般工商业及其他电价的电力客户，统一按原到户电价的 95%进行结算，惠及客户约 3 万余户，直接减少企业成本 2656 万元。

集中服务政府重点项目缩短工期。6 月 5 日，随着泰州永博新型环保科技有限公司 2940 千伏安高压电力新装项目成功投运，姜堰区今年的 44 个政府重大产业项目相继开工投产。

项目开工，电力是首要保障。据了解，中来光电三期等政府重点项目的临时用电和正式用电自 2 月 27 日开始受理以来，姜堰供电公司开辟线上绿色通道。科学制订专项供电方案，落实"菜单式"保障措施，试点推广高压用户用电报装省力、省时、省钱"三省"服务，持续打造电力定制化增值服务，确保做到"开工一家、掌握一家、保一家"，目前已经全部完成送电，每个项目平均压缩办理时间超过 60%，比常规投产时间提前 36

天，有效缩短项目建设工期，助力企业提前投产增效。

率先上线业扩配套投资评估应用，6月30日，姜堰供电公司发布全省首个业扩配套投资指数，率先上线业扩配套投资评估应用。

该应用在深入分析客户电力数据的基础上，合工程投资、投产周期、经营状况、企业信用、综合能源利用等指标，构建评价模型，通过对项目初始投资，运维成本、收入、利润及时间维度的综合考量，为待投资项目精准测算收益率，形成业扩配套投资指数和投资建议，为企业电力业扩项目的投资是否科学、精准，能否实现经济和社会效益最大化等提供了有效的决策依据。

以该公司近期对接的政府重点项目泰州钧风电控科技公司电力业扩项目为例。该项目预估投资270万元，经应用程序评估，除去运维成本，该公司每年净收入占投资额的比重达90%。此外，再结合业扩工程周期、综合能源服务项目等指标，经过综合计算，最终得出该项目业扩配套投资指数为8.7，属于推荐投资范围。"三零"服务为小微企业排忧解困，在优化电力营商环境工作中，除了关注重点企业和大用电客户，姜堰供电公司还每日对民营企业和中小微企业用电数据进行比对分析，按照供电服务"台区经理网格化"管理模式，开展"一对一服务"，及时了解企业用电服务需求，试点广低压小微企业零上门、零审批、零投资"三零"服务，切实减轻企业复工复产成本，帮助企业排忧解难。今年以来，共为各类中小微企业减少办电成本120余万元。

今年 4 月，姜堰供电公司"繁星花"共产党员服务队了解到姜堰区祥泰金属门窗厂网上申请的 170 千伏安增容需求后，主动上门服务，并安排该区域的台区经理对点落实增容报装全过程、全流程跟踪服务，仅用 7 天时间就顺利完成该企业的增容用电，确保该企业早投产、早收益。

此外，姜堰供电公司持续深化"三省""三零"供电服务，让"减降提"的优化电力营商环境举措在基层落地生根。以党建提升为抓手，以"统筹协同，提质增效、创新服务"为目标导向，积极践行"四多"内嵌实践工作法，实现"台区经理网格化服务"党员全覆盖，定期为全区 10 个乡镇、4 个街道的 44 个社区，230 个村开展志愿服务，为特需人群提供上门服务和预约服务，为用户提供优化用电分析等增值服务，进一步擦亮优质服务"金字招牌"，推动供电服务转型升级和营商环境持续优化，实现万户客户投诉率、优质服务满意率、电力获得感等关键指数排名全省前列。

2020 年 8 月 15 日发表于《中国电力报》

"繁星花"闪耀"疫"线分外亮

——国网泰州市姜堰区供电公司
"繁星花"共产党员服务队抗疫纪实

当前是疫情防控最吃劲的关键阶段，姜堰区供电公司"繁星花"共产党员服务队的队员们，又身着志愿者红马夹，以"电保姆"的身份，走进田间地头，指导农户落实防疫措施的同时，拉网式排查用电线路，为春耕备耕保电护航，成为乡村一道亮丽的风景。这是姜堰供电公司"繁星花"党员服务队闪耀"疫"线的一个缩影。

姜堰区供电公司"繁星花"党员服务队成立8年多来，创新20多项特色服务，彰显了共产党员的初心使命和责任担当，荣获泰州供电系统首支"国网优秀共产党员服务队"。

面对突如其来的新冠肺炎疫情，"繁星花"的队员们再次挺身而出，冲锋"疫"线，演绎了一幕幕感人的故事。

◎ 坚守卡口，密织防疫安全网

大年初二，姜堰区启动突发公共卫生事件一级响应，各社区（村）急需志愿者守护卡口，严防疫情扩散蔓延。"哪里有困难，哪里就有'繁星花'队员的身影。"危急时刻，"繁星花"共产党员服务队一如既往贡献"硬核"力量，100多名队员放弃节日休息，舍小家为大家，积极投身镇街社区、乡村路道，抢着认领卡口防控、摸排统计、体温测量、知识宣传等任务，争当抗疫"逆行者"。

桃园社区有两个值班防控点，分别为府东菜场道路口和四中西侧路口，这两处交通比较繁忙，人员流动性大，又靠近收治患者的市第二人民医院，危险系数高，可谓抗击一线上的

"硬骨头"。然而，队员们却争着啃这块"硬骨头"，黄海涛、卞云、周洋、王竹青……一个个主动请缨，抢着 24 小时值守卡口。2 月 6 日晚 9 点多，雨大风冷，卞云和黄海涛身着雨衣，手拿测温仪，仔细排查出入车辆和人员，询问、登记、测温、叮嘱，事无巨细，确保不漏一车、不漏一人，不知不觉到了下半夜，社区干部劝他俩进帐篷休息，可他俩却说："这点苦这点累算不了什么，比咱们架线立塔轻松多了。"

无论在城镇还是乡村，"繁星花"聚是"一盘棋"，散是"满天星"，照亮了黑夜前行的道路，温暖了来来往往的路人。

42 岁的俞垛供电所队员张明华用特殊的"孝心"始终奋战在抗击疫情一线。春节前，70 多岁的母亲不慎摔断了腿，需要儿子回家照顾。张明华只能在电话中宽慰母亲："妈妈，这次值班是国家的大事。我是党员，应该冲在最前面。"母亲明白了儿子肩上担负的重任，反过来鼓励儿子："你站好岗，守护好家园，就是对我最大的孝顺。"

据初步统计，疫情发生以来，"繁星花"服务队员累计排查车辆 600 多辆，发放宣传资料 2000 多份，劝导隔离观察湖北来姜人员 5 名，帮助居民解决大小困难 50 多个，服务群众1000 多人次，密织了一张横向到边、纵向到底的防疫安全网。

◎ 全面护航，画好保电同心圆

疫情防控是守护人民的生命安全和身体健康，保电供电则是企业复工复产、农村备战春耕的"先手棋"。姜堰区供电公司总经理姚维俊说，两个都是"主战场"，必须同时打赢，决战决胜，既守"一方平安"，又保"万家灯火"，画好保电供电"同心圆"。

庚子鼠年春节的时间表上，"繁星花"的队员们没有"休止符"。队员们分成多组，分片包干，齐头并进。1月23日，全面检查全区4家发热门诊定点医疗机构、区委区政府、广电局、疾控中心、卫健委等重点部门用电安全；1月24日，主动服务双登集团，保障了"双登"第一时间驰援武汉火神山医院建设，捐赠电源物资；自1月29日起，深入企业宣传疫情防控要求，留下随时服务企业的"电小二"号码；1月30日起，统计比对全区3000多家企业日用电量，配合区工信局排查拟复工企业；1月31日上午10时，队员们接到市第二人民医院后勤保障部急需恢复10套集体宿舍用电的通知，火速登场，多专业协同突击服务，忙而不乱，中午时分，宿舍提前恢复供电，保证了发热门诊医护人员休息……

"与时间赛跑，与疫情抗争，与病魔较量，'繁星花'队员服务企业跑出'加速度'。"苏中药业集团董事长唐仁茂感慨地说，疫情期间，苏中药业集团根据上级部署和要求，必须开足马力生产抗病毒类药品，这就要供电人员提前入企调整线路。从正月初二开始，"繁星花"几名服务队员就沉入企业，查设备、排线路、除隐患，确保了正月初六企业全面复工，每日生产生脉注射液、清宣止咳颗粒、利巴韦林片等药品 700 件左右，全力保障疫情防控用药需求，尽最大努力协助各级机构控制新冠病毒的蔓延。

全面护航，"红色基因"不仅亮了企业车间，也为壮观的乡村"春耕图"增添了色彩。"繁星花"队员潘宝平有空就到蒋垛镇孟莲村，指导种养殖户备战春耕。58 岁的种植大户孟广仁种植了 60 多亩的大棚蔬菜，春节后的一场大雪，气温陡降，棚内急需供热。潘宝平接到老孟的电话，骑着摩托车赶来，帮助购设备、买电线，忙了 3 个多小时，解了老孟的燃眉之急。

淤溪供电所的"繁星花"队员还率先开展"零距离服务春耕"活动，走进田间地头，帮助 10 多名种养殖户解决用电难题，被农户们称为绿色田野上的"红色 110"。

姜堰区供电公司党委书记王锁扣说，因为疫情，今年春节，不少工作被迫按下"暂停键"，但"繁星花"服务队优质供电服务时刻保持在线。服务队积极引导用户使用"网上国网"APP进行线上办电，保障民生用电。从除夕到正月十五，使用"网上国网"线上业务办理量 387 笔，电子渠道缴费 4.9 万笔，"互联网＋电力"线上服务累计减少群众跑腿 5 万次。

◎ 争献爱心，汇聚战"疫"正能量

"我们不能像医生一样战斗在最前沿，但我们可以奉献爱心，换一种姿态'战疫'。"2 月 4 日晚，"繁星花"的队员们向全公司发起了"众志成城、抗疫有我"捐款倡议，以实际行动助力抗疫。队员们争献爱心，慷慨解囊，掀起了一股捐款热潮。

队员田元带头捐款 1000 元，并鼓励医生妻子："你在前方，我在后方，咱们一起努力抗疫！"

仅两天时间，公司全体员工捐款近 6 万元。

爱心不仅仅是捐款，同心抗疫的大爱无处不在。队员曹小宇、李胜华等参加小区防疫值守时，无意中了解到小区独居老人家中紧缺生活用品，随即汇报队长，迅速启动"'繁星花关爱弱势群体'暖心行动"，牵头各个社区，全方面摸排困难人员的需求信息，提供"一对一"服务，自掏腰包购买口罩、蔬菜、肉类等物品，送到 29 位困难独居老人手中。老人们称这种"暖心礼包"，给了他们居家抗"疫"的力量。

姜堰区供电公司与姜堰中医院隔路相望。"繁星花"队员们时刻惦记着姜堰中医院援鄂医疗队的 15 名勇士。2 月 14 日上午，"繁星花"队员代表为 15 名抗疫勇士的家属送去慰问金和牛奶、果蔬等生活物资。

34 岁的宋美云是姜堰中医院重症医学科副护士长，疫情暴发后，她主动请战支援湖北，并被分至采样组负责采集咽拭子，稍不注意就会感染。因表现出色，2 月 29 日宋美云在武汉方舱医院"疫"线入党。离开家最令她牵挂的就是两个年幼女儿，一个 7 岁，一个只有 5 岁，正是需要妈妈陪伴的时候。

"您为大家，我们帮你家。"在 3 月 5 日学雷锋纪念日来临之际，"繁星花"队员们走进宋美云家中，帮助检修电路，并陪伴两个年幼的孩子做游戏、玩玩具。"感谢'繁星花'的队员们，你们贴心的关爱和陪伴，解了美云的后顾之忧，让她能够安心战'疫'。"宋美云的丈夫感动地说。

2020年3月6日发表于交汇点、江苏文明网等媒体

姜堰"繁星花"闪耀"疫"线

疫情防控的硝烟还未散去，泰州市姜堰区供电公司"繁星花"共产党员服务队的队员们，又身着志愿者红马夹，以"电保姆"的身份，走进田间地头，指导农户落实防疫措施的同时，拉网式排查用电线路，为春耕备耕保电护航，成为乡村一道亮丽的风景。这是姜堰区供电公司"繁星花"党员服务队闪耀"疫"线的一个缩影。

姜堰区供电公司"繁星花"党员服务队成立8年多来，创新20多项特色服务，彰显了共产党员的初心使命和责任担当，荣获泰州供电系统首支"国网优秀共产党员服务队"。

面对突如其来的新冠肺炎疫情，"繁星花"的队员们再次挺身而出，冲锋"疫"线，演绎了一幕幕感人的故事。

据初步统计，疫情发生以来，"繁星花"服务队员累计排查

车辆 600 多辆，发放宣传资料 2000 多份，劝导隔离观察湖北来姜人员 5 名，帮助居民解决大小困难 50 多个，服务群众 1000 多人次，密织了一张横向到边、纵向到底的防疫安全网。

　　疫情防控是守护人民的生命安全和身体健康，保电供电则是企业复工复产、农村备战春耕的"先手棋"。姜堰区供电公司总经理姚维俊说，两个都是"主战场"，必须同时打赢，决战决胜，既守"一方平安"，又保"万家灯火"，画好保电供电"同心圆"。苏中药业集团董事长唐仁茂感慨地说，疫情期间，苏中药业集团根据上级部署和要求，必须开足马力生产抗病毒类药品，这就需要供电人员提前入企调整线路。从正月初二开始，"繁星花"几名服务队员就沉入企业，查设备、排线路、除隐患，确保了正月初六企业全面复工，每日生产生脉注射液、清宣止咳颗粒、利巴韦林片等药品 700 件左右，全力保障疫情防控用药需求。

　　姜堰区供电公司党委书记王锁扣说，因为疫情，今年春节不少工作被迫按下"暂停键"，但"繁星花"服务队优质供电服务时刻保持在线。服务队积极引导用户使用"网上国网"APP 进行线上办电，"互联网＋电力"线上服务累计减少群众跑腿 5 万次。

2020 年 3 月 9 日发表于新华网

开放在为民服务一线的"繁星花"
跻身国家电网百支优秀共产党员服务队

在泰州市姜堰大地，无论寒冬酷暑、雨雪风尘，市民、企业负责人只要看到国网泰州市姜堰区供电公司"繁星花"共产党员服务队队员的身影，周身就会暖流涌动。

"'繁星花'，又名五星花，为宿根性多年长草花，耐旱、耐高温，五个花瓣聚在一起，五心汇一心，既自成一体，又合为一簇，相连相牵、携手相依。冠名'繁星花'共产党员服务队，寓意全区共产党员服务队，是一支'阳光、亮丽，团结、坚强'的队伍。"

国家电网江苏电力"繁星花"共产党员服务队成立于 2011 年。10 年来，这支服务队承担着全区 2500 家用电企业和 79.4 万城乡居民生产生活用电的保障任务，走访企业、社区、乡村 583 次，为居民、特殊群体解决用电问题 1631 件。服务队先后获得国家电网百支优秀共产党员服务队、江苏电力金牌共产党员服务队、"泰州市学雷锋活动示范点"等荣誉称号，队员张卫东荣获泰州供电系统首位"中国好人"称号……

2021 年 10 月 28 日发表于《新华日报·交汇点》

主动走访发现需求"服务菜单"
让为民服务看得见、摸得着

"大婶，给您一张'服务菜单'，上面有我们'繁星花'的联系电话，您家里有什么用电需求或困难，可以直接和我们联系。"10月20日，在江苏省泰州市姜堰区中天社区内，国网泰州市姜堰区供电公司"繁星花"共产党员服务队队长朱建华向该社区外来务工人员田女士送上了一份"我为群众办实事"的"服务菜单"。

这份"服务菜单"是"繁星花"共产党员服务队为民服务的一个缩影。近年来，"繁星花"共产党员服务队通过推出"点式服务""菜单服务""五行服务"等群众看得见、摸得着的系列服务，在姜堰区积极开展抢险救灾、志愿帮扶、奉献爱心等活动，点亮姜堰这座美丽城市。

国庆前夕，姜堰区溱潼镇一家医院内的电气化厨房正式投入使用，医护人员、病人连声夸赞来帮忙施工的12名"繁星花"共产党员服务队队员。

倾情服务医院电气化厨房改造，源于一次走访。今年3月，溱潼供电所6名"繁星花"共产党员服务队走进医院开展"学雷锋、做实事"专题志愿服务活动。在服务过程中，该院院长向服务队员乔进倾诉道，医院由于建设时间较早，电气配套设施已明显老旧，病区内的线路也已无法满足用电需求。医院的食堂一直使用明火做饭，不方便之余，不仅对环境有污染，而且存在较大的安全隐患，是否能够帮忙解决这些问题。

想群众之所想、急群众之所急、解群众之所困，姜堰区供电公司高度重视、层层落实，并借此机会大力推广高效、绿色、节能的电气化厨房，迅速组织相关部门到医院进行现场查勘，为医院量身定制变压器增容、低压线路、厨房内部线路改造方案，为医院节省成本 2 万余元。

"八项行动"精准为民
26 项措施让百姓用上"舒心电"

"现在用电再也不会担惊受怕了！"9 月 12 日，在梁徐街道官野社区的五保户老人黄金喜家中，"繁星花"共产党员服务队队员在拆除存在安全隐患的老旧电线，更换新导线。当天上午，队员们共为该家庭更换 2 个插座、1 个漏电保护器，敷设 40 米的电线以及保护管。至此全区 541 户贫困家庭室内线路改造已全部完成。

"特殊供养对象室内线路改造"专项行动始于 5 月上旬，以民政部门提供的特殊供养人群、低保户等人员名单为依据，挨家挨户现场调研走访，并根据困难群众的用电现状和改造需求，以经济、实用、易维护为原则，为他们量身定制改造方案，确保符合他们的生活习惯。这一行动切实改善了困难群众家庭住房用电线路老化、私接乱搭等现象，遏制了因室内用电线路老化引发火灾等事故的发生，让困难群众享受到国家用电优惠政策的同时用上"放心电""舒心电"。

和"特殊供养对象室内线路改造"专项行动一样，该公司"我为群众办实事"启动"青少年护苗"行动、"新能源普惠"行动、"老小区特服"行动、"特困户援助"行动、"堰归来暖流"行动、"'星连心'便民"行动、"电之情拥军"行动、"创业电特快"行动等 8 项行动，落实 26 项服务措施。

建"平台+机制"聚焦三个重点
把为民服务做实、做细

为了把为民服务做实、做细，党史学习教育开展以来，"繁星花"共产党员服务队聚焦三个重点，成立 3 支服务分队。聚焦"双碳"目标、乡村振兴、长江经济带发展等党和国家工作大局和姜堰区委区政府"工业强区、旅游兴区、教育立区"发展战略，成立政治服务分队。聚焦高效及时的抢修服务、优质多元的营销服务和创造价值的增值服务，成立民生服务分队。聚焦用电隐患排查、优化用电指导等便民利民举措和走访慰问、爱心奉献、扶弱助困等公益性服务,成立志愿服务分队。

引人关注的是,目前,他们已搭建 3 大平台、完善 3 个机制,搭建与街道、村镇、企业挂钩联系平台,完善"我为群众办实事"工作互动机制。搭建与政府、民政、人社等部门的沟通协调平台,完善"我为群众办实事"工作联动机制。搭建与党员干部,广大群众等群体的座谈交流平台,完善"我为群众办实事"的工作评价机制。

2020 年夏季的疫情防控形势严峻,迎峰度夏进入关键时刻。8 月 2 日,姜堰供电公司党委向全体党员发出"行动起来,让党徽在疫情防控和迎峰度夏保供电一线熠熠闪光"的动员令,"繁星花"共产党员服务队队员挺身而出,冲锋在防疫第一线,站列保电最前沿,一名名逆行的党员,就是一朵朵繁星花,聚是一团火,散是满天星。据初步统计,"繁星花"服务队员回社区报到 73 人,参与社区值守、宣传工作,让"甘于奉献、敢打硬仗、能打胜仗"的供电铁军形象闪耀在姜城的每个角落。

战"疫"打响,供电服务必须万无一失。在及时响应接电需求的同时,服务队主动对接泰州市第二人民医院等医疗机构、康健医疗等防疫物资生产企业,落实"一对一"专属保障队伍,提供 24 小时即时响应服务。此外,每日对涉及医院、隔离点、医疗设备生产企业等防疫重要客户供电的变电站、供电线路开展特殊巡视,统筹 6 支 120 余人抢修队伍随时待命,全力保障重点区域电力供应。

跑出保电"加速度"
江苏姜堰供电全力保障企业复工复产

2月11日，江苏泰州市姜堰区供电公司"繁星花"共产党员服务队队员夏继军完成10千伏单塘线巡视后，在工作群中进行了"零报告"。该线路是防疫物资生产企业康洁卫生用品厂的供电线路，春节以来，夏继军每天都会对这条线路开展特巡，确保线路安全运行。

为全力保障企业复工复产，姜堰供电公司迅速行动，根据企业复产计划、用电负荷等情况，开辟线上绿色通道，科学制订专项供电方案，落实"菜单式"保障措施，切实做到"开工一家、掌握一家、确保一家"，为全区复工企业特别是防疫物资生产企业，提供可靠的电力保障。

◎ 线上加速，办电更便捷

"我们刚在网上提交申请，还在制订生产计划，你们就来复电啦。"2月10日上午，姜堰供电公司"繁星花"共产党员服务队队员马涛的到来，让金宝来公司负责人陈绍官喜出望外。

坐落在姜堰区娄庄镇的金宝来纺织有限公司，是当地的产业龙头，外贸订单充足。该公司原计划 2 月 3 日恢复生产，1 月 28 日地方政府发布延期复工公告后，马涛主动与该公司联系，线上为客户办理了暂停延期。2 月 10 日，该公司通过复工审批后，立即通过"网上国网"APP 向供电公司申请复电。接到申请后，马涛立即赶往现场，仅用 2 小时就完成了复电。

2020 年 2 月 13 日发表于新华报业网

姜堰"繁星花"闪耀"疫"线

疫情防控的硝烟还未散去，泰州市姜堰区供电公司"繁星花"共产党员服务队的队员们，又身着志愿者红马夹，以"电保姆"的身份，走进田间地头，指导农户落实防疫措施的同时，拉网式排查用电线路，为春耕备耕保电护航，成为乡村一道亮丽的风景。这是姜堰区供电公司"繁星花"党员服务队闪耀"疫"线的一个缩影。

姜堰区供电公司"繁星花"党员服务队成立 8 年多来，创新 20 多项特色服务，彰显了共产党员的初心使命和责任担当，荣获泰州供电系统首支"国网优秀共产党员服务队"。

面对突如其来的新冠肺炎疫情，"繁星花"的队员们再次挺身而出，冲锋"疫"线，演绎了一幕幕感人的故事。

据初步统计，疫情发生以来，"繁星花"服务队员累计排查车辆 600 多辆，发放宣传资料 2000 多份，劝导隔离观察湖北来姜人员 5 名，帮助居民解决大小困难 50 多个，服务群众 1000 多人次，密织了一张横向到边、纵向到底的防疫安全网。

疫情防控是守护人民的生命安全和身体健康，保电供电则是企业复工复产、农村备战春耕的"先手棋"。姜堰区供电公司总经理姚维俊说，两个都是"主战场"，必须同时打赢，决战决胜，既守"一方平安"，又保"万家灯火"，画好保电供电"同心圆"。苏中药业集团董事长唐仁茂感慨地说，疫情期间，苏中药业集团根据上级部署和要求，必须开足马力生产抗病毒类药品，这就需要供电人员提前入企调整线路。从正月初二开始，"繁星花"几名服务队员就沉入企业，查设备、排线路、除隐患，确保了正月初六企业全面复工，每日生产生脉注射液、清宣止咳颗粒、利巴韦林片等药品 700 件左右，全力保障疫情防控用药需求。

姜堰区供电公司党委书记王锁扣说，因为疫情，今年春节不少工作被迫按下"暂停键"，但"繁星花"服务队优质供电服务时刻保持在线。服务队积极引导用户使用"网上国网"APP 进行线上办电，"互联网＋电力"线上服务累计减少群众跑腿 5 万次。

2020 年 3 月 9 日发表于新华网

姜堰电力"大数据"跟踪服务企业复工

"根据电力指数分析,可对辖区内企业用电情况精准识别,全力保障企业复工复产用电。"2月25日,在泰州市姜堰区供电公司,营销部工作人员正在查看企业用电实时负荷、电量等情况,分析各单位企业复工复产用电是否正常。

"有复工后用电异常的企业,会通过系统实时数据反映出来。我们就会及时打电话询问对方是否需要提供用电保障服务。"姜堰公司营销部马涛介绍道。截至2月24日,姜堰全区10千伏以上高压企业复工2229户,较前期有了大幅提升。

在抗疫保电的关键时期,国网泰州市姜堰区供电公司高度重视企业复工复产用电问题,运用电力大数据分析,监测全区企业客户用电数据,通过对企业用电实时数据采集,对比历史电量数据,全面掌握企业复工复产情况。同时,该公司还组织"繁星花"共产党员服务队成立突击小组,针对重点企业实施"跟踪式"服务,全方位保障企业用电安全。目前,该公司对重点客户所在线路巡视实现全覆盖,开展局部放电检测及红外测温600余次,帮助企业处理故障12起,有力保障了复工企业的生产用电需求。

2020年3月1日发表于《现代快报》

姜堰供电"繁星花"服务队
争当"抗疫逆行者"

2月6日，北京时间21:00，室外温度3℃，小雨。在姜堰桃园社区一处防控疫情卡点，姜堰"繁星花"共产党员服务队员卞云和黄海涛克服寒冷和疲劳，正在坚守值勤岗位。这是国网泰州姜堰区供电公司"繁星花"党员服务队100多名队员走进社区、冲锋一线，争当"抗疫逆行者"的一个缩影。

面对突如其来的疫情，"繁星花"共产党员服务队个个主动请缨，争相冲上一线，发挥先锋模范作用。

◎　"我，应该冲在前面"

42岁的俞垛供电所队员张明华用特殊"孝心"奋战在抗击疫情一线。春节前，70多岁的母亲不慎摔断了腿，需要儿子回家照顾。张明华只能在电话中宽慰母亲："妈妈，这次值班是国家的大事，我是党员又是所负责人，应该冲在前面，这也是您对我的要求。"

母亲明白儿子肩负的重任，反过来鼓励儿子："你为社区居民'站好岗'，就是对我最大的孝顺。"

60岁的张卫东是"中国好人"，他第一时间奔赴溱潼高速出口检测站，为临时搭建医用大棚拉线接电，保障一线值班人员用电需求。

"顺便带点东西给您老！"在镇村封闭管控的特殊时期，张卫东还甘当"保姆"，为行动不变的老人送上蔬菜等生活用品。老人心里格外温暖，一直凝望着张卫东远去的红马甲背影。

◎ "快，保供电要万无一失"

风险面前，"繁星花"党员服务队的队员们，不仅当好人民群众的"守护神"，还四处奔波保供电。1月23日，他们全面检查全区4家发热门诊定点医疗机构、区委区政府、广电局、疾控中心、卫健委等重点部门用电安全；自1月29日起，宣传疫情防控工作要求及通知，提醒督促相关企业推迟复电时间；1月30日起，统计比对全区3000多家企业用电日用电量，配合区工信局排查疑似复工企业；2月1日，协助双登集团在3小时内办结暂停业务，全力支持疫情防控措施落实……疫情当前，处处闪烁着"繁星花"服务队员忙碌的身影。

"医院是抗击疫情的第一线，保供电要万无一失！"队员们始终紧盯医院这个战"疫"关键点，确保可靠供电。1月31日上午10时，得知泰州市第二人民医院后勤保障部需在当天恢复10套集体宿舍用电，供发热门诊医护人员休息使用。他们立即行动，安排多名专业人员快速办理，中午13时全面恢复供电。

◎ "爱，一起汇集起来"

"我们不能像医生一样战斗在最前沿，但可以尽我们所能为他们做点什么。"2 月 4 日晚，"繁星花"服务队队员们向全公司发起"众志成城、抗疫有我"捐款倡议，公司全体员工积极响应。从晚上 9 点到次日上午 10 点，各部门捐款全部到位，还有外调的员工得知消息后也转来捐款，此次倡议共筹集捐款 59128元。这笔善款将定向捐赠给泰州第二人民医院购买防护物资。

初步统计，疫情发生以来，"繁星花"服务队累计排查车辆 600 多辆，发放宣传资料 2000 多份，劝导隔离观察湖北来姜人员 5 名，帮助居民解决困难 50 多个，服务群众千余人次。为了确保"抗疫"期间电网安全可靠运行，保护供电保障人员自身不受疫情侵袭，也为了和姜堰广大干部一起坚守到春暖花开，姜堰"繁星花"服务队选择一起并肩"逆行"！

2020 年 2 月 7 日发表于《新华日报·交汇点》

情暖万千百姓

——记泰州市姜堰区供电公司党员服务队

王锦程

他们是一支普通的党员服务队，没有响亮的名号，没有惊天动地的壮举。平日里，他们立足岗位，真诚服务；关键时刻，他们冲锋在前，当仁不让。他们就是国网泰州市姜堰区供电公司党员服务队——一支用行动默默诠释为人民服务宗旨的队伍。

◎ 亮承诺，加推为民服务举措

该公司党委精心挑选 186 名思想素质过硬、业务能力突出的党员、入党积极分子组建共产党员服务队，下设配电、客服、农电三支分队，围绕该公司为民服务创先争优活动，重点开展服务企业、服务社区、服务"三农"等活动。

真诚服务进企业。该公司党员服务队深入企业开展"四个一"活动，即用电咨询一本书、用电办理一个人、用电难题一次会、用电服务一张单，主动了解企业用电需求，帮助协调解决用电难题。近 2 年来，该公司党员服务队共为企业开展安全巡查、电力安装、线路通道清理等服务活动近 500 次。

2013 年 8 月 5 日晚，江华阀业有限公司员工正在连夜加班赶制一批外贸订单，半夜一阵电闪雷鸣后，该企业突然停电了。价值 20 多万元的铁水在炉子里，如果一直停电，铁水就会凝固，整个炉子就报废了，造成的经济损失先不谈，不能按时交货，丢掉的将是企业信誉。该企业老板陈文龙急得直跺脚，赶紧向其所在地的沈高供电所求救。该所所长、党员服务队队员张小龙当即组织队员到该企业周边沿官庄线巡线。很快，巡线人员发现官庄柱上开关跳闸，初步断定是受雷击影响。为找出其他损坏线路，张小龙随即组织了 15 名抢修人员，分成4组，冒着倾盆大雨，深一脚浅一脚地在泥泞的乡村小道上查线，并迅速修复故障点，及时恢复了供电。

"企业不论大小，我们都是随叫随到，确保客户正常、安全用电是我们的义不容辞的责任。"该公司配电党员服务分队队长袁莉说。该公司优化抢修流程，明确规定服务队抢修人员抵达抢修现场时间：城区范围不超过45分钟，农村地区不超过90分钟，特殊边远地区不超过2小时。

便民服务进社区。该公司建立社区客户经理服务制度，安排服务队队员走进社区认岗领职，开展"助力文明城市创建""情暖万家"关爱服务等系列活动。自2013年3月份以来，该公司党员服务队协助社区解决用电难题12个、开展安全用电宣传36次、慰问特困家庭32户、协助社区环境整治400余人次。

2013年7月26日，该公司党员服务队深入该市9个社区，通过展板及发放安全用电、节约用电、电价政策等资料的方式，向广大客户宣传安全用电。服务队员们现场演示95598网站功能，解答客户提出的用电难题，受理客户用电申请。"以前对于银行卡扣、电费充值卡、预收电费等交费方式不理解、不熟悉，现在经过供电公司党员的耐心解答，我总算是摸清了头绪。"当天，锦都花园业主石海莉在向该公司党员服务队队员咨询了相关交费事宜后开心地说。

亲情服务进农村。该公司共产党员服务小分队，走进农村，发放"亲情服务卡"，开展用电需求访农村、绿色电力到田头、

节能减排进农户等系列活动。同时，深入结对帮扶共建村开展
"电力牵手村支部、为农三联三服务"活动，帮助村民解决实际
困难。今年来，该公司党员服务队共协助共建村解决用电难题
11 个、开展安全用电宣传 24 次、送去各类农技书籍 312 本。

◎ 战一线，力保电力正常供应

该公司党员服务队发扬敢攻坚、能克难，不怕疲劳、连续作
战的精神，奋战在线路抢修及各项重大保电任务工作一线，争做
电力保障的排头兵。

当线路抢修的排头兵。无论风霜雨雪还是电闪雷鸣，只要用
电线路出现故障，该公司党员服务队总是第一时间参与抢修。去
年 8 月，张甸等镇遭受双台风袭击，造成多条线路倒杆断线、停
电。该公司党员服务队火速集结，组成突击队，连夜奋战，12
小时内修复 10 千伏线路 3 条，确保线路及时正常供电。

当重大活动保电任务的排头兵。该公司党员服务队超前谋
划、明确分工、责任到人，一次次为重大活动提供电力保障。
2013 年 5 月 18 日，中国姜堰溱潼会船节系列活动《灵韵三水
美丽姜堰》大型巨星演唱会在姜堰举行，为确保演唱会期间安全
可靠供电，该公司 20 名客服党员服务分队队员连续奋战 7 个工
作日，对涉及保电范围的 10 千伏线路设备进行全面细致地巡
检，对可能受到外力破坏的供电线路采取多种防护措施，在晚会
现场新增两台 630 千伏安变压器，铺设低压电缆 1000 余米，新

装低压配电箱 8 只，确保正常供电。

当重点工程、重大项目保电工作的排头兵。该公司党员服务队严格执行重点工程、重大项目动态跟踪机制，以"早送电、早投产、早受益"为目标，根据重点项目电力配套设施工程建设进度，用"绿、橙、黄、红"4 种颜色进行警示和流程监控，并建立独立的回访体系。

今年 3 月，该公司党员服务队了解到姜堰地区江苏曙光集团即将启动石油钻杆镦粗项目，主动上门对接，与其研究拟定供电方案，不到 50 天，便协助其完成了提交申请、安装变压器、架设线路等工作，比江苏曙光集团原计划完成时间提早了 20 天。

2013 年 10 月 23 日发表于《江苏电力报》第 3 版

后　记

送人玫瑰，手有余香。这是当代人非常喜欢的一句劝人向善的话。在中华民族的文化传统中，劝人向善的话俯拾即是。清人王永斌在《围炉夜话》说："行善济人，人遂行以安全，即在我亦为快意。"大意是帮助别人，别人高兴，我也高兴。对于一般人而言，能做到这一点已经很不错了，可是，认真深究起来这些也只是个人修养在利害层面的选择，可以称之为行为选择或者行为向善。更深一层的选择，更高一步的要求，是人生价值的选择和人格道德的要求，是道德向善、文化向善、和心灵至善。这就是先儒在《大学》里面提倡的"大学之道，在明明德，在亲民，在止于至善"。亲者，新也。通过行善向上而不断地日新自我，进而达到至善的人生境界，这是先儒对做人的根本性要求。同时，亲者，爱也。通过不断地予爱于人使社会风尚达至至善的境界，是先儒追求的理想世界，也是人文修养的理想境界。

繁星花共产党员服务队的追求，是远远高于这两种境界的。高在何处？高在"共产党员服务队"这个特定的光荣称呼所自带的质的规定性。以往所有的劝善和向善，都是受文化滋养或在环境影响下的个体的自发行为，其出发点和落脚点都是道德、文化、利害层面的权衡。"繁星花"则不同，她首先是中国共产党领导下的党员队伍，肩负着党员特有的义务和责任，是受着传统文化的熏陶和党的教育培养而成长起来的服务队。他们不仅有高度的传统文化素养，有自觉自为、向善行善的道德追求和行为选择，而且有着高度的党性觉悟和同胞感情，全心全意服务人民是党的目标、原则、要求，也是每一个个体的道德追求。他们的一举一动，既体现着人间大爱和人性向善的光辉，又代表了党的原则、要求和形象。他们是有着制度激励和道德约束，又有理想追求和人格魅力的新时代的新人，是先儒理想中真正的"新民"。他们的行为已经远远超越"送人玫瑰，手有余香"的境界，而达至全新的、纯粹的、高尚的境界。毛泽东同志在《纪念白求恩》一文里所说的"五种人"就是他们的写照。

一个人做一件两件好事不难，难的是把自己的志趣和道德与服务他人、向善社会紧密相连；难的是在此基础上与同志聚心、凝心、用心、精心，团队协作，共同服务，并且制度化、长期化。

接手编辑这本书的时候，正是窗外的繁星花次第绽放的早春，那时候，疫情尚在蔓延，人心阴郁而忧忡。随着编辑工作的推进和了解的深入，我也被"繁星花"们所感染、鼓舞、温暖，进而从内心深处升腾起持久的敬意。"繁星花精神"的实质是初心、聚心、用心、精心、凝心；对应着这五个心的是博爱、团结、正义、创造、伟大。这是"繁星花"共产党员服务队的队魂，也是繁星花的花语。一个长期专注于修"心"养"行"的团队，获得人民群众的广泛赞誉和各级党委、政府的嘉奖表彰，是实至名归的。

画下了这本书的最后一个句号，却无法在心灵里划去"繁星花"队员们的身影。

感谢对本书出版给予帮助的各级领导！

感谢《繁星花》融媒体以及关注报道"繁星花"的各路媒体！

感谢姜堰"繁星花"共产党员服务队的"星""花"们！

2022 年 6 月